U0905639

铁葫芦

鳳凰博报

凤凰网博报文选

给理想一点时间（五）

李志题 主编

编委：刘爽　李亚　邹明　王冲

主编：李志题

编辑：高雪松　吴晶晶　张春霞
　　　邵文婷　夏添　王海燕

凤凰网博报官方微信：blogifeng

图书在版编目（CIP）数据

给理想一点时间 . 5 / 李志题主编 . — 成都 : 四川文艺出版社，2015.5
ISBN 978-7-5411-4028-0

Ⅰ . ①给… Ⅱ . ①李… Ⅲ . ①随笔－作品集－中国－当代 Ⅳ . ① I267.1

中国版本图书馆 CIP 数据核字 (2015) 第 052541 号

GEI LIXIANG YIDIAN SHIJIAN
给理想一点时间（五）

李志题　主编

责任编辑　奉学勤
装帧设计　所以设计馆

出版发行　四川文艺出版社
社　　址　成都市槐树街 2 号
网　　址　www.scwys.com
电　　话　028-86259285（发行部）　028-86259303
传　　真　028-86259306

读者服务　028-86259303
邮购地址　成都市槐树街 2 号四川文艺出版社邮购部　610031

印　　刷　北京京都六环印刷厂
成品尺寸　146mm × 210mm　1/32
印　　张　7.25
字　　数　160 千
版　　次　2015 年 5 月第一版
印　　次　2015 年 5 月第一次印刷
书　　号　ISBN 978-7-5411-4028-0
定　　价　36.00 元

目 录

理想·现实

社会·民生

中国·世界

人物 · 历史

文明 · 文化

海峡两岸

理想·现实

朱大可：中国春运和“创伤疗法”

博文地址：http://blog.ifeng.com/article/23266014.html

2013-02-17 13:28:21 | 浏览 86222 次 | 评论 97 条

动物迁移是自然界中诡异的现象之一。帝王蝴蝶的超大数量迁徙，澳大利亚圣诞岛1.2亿只红蟹的海岸移动，北极燕鸥往返7万公里的超长途飞越，总数曾达到60亿只的候鸽迁移，灰鲸长达1.8万公里的繁殖与觅食运动，旅鼠的看似愚蠢的自杀式“死亡行军”，东非角马长达5000公里的转场运动，都已创造地球生物史上的极限纪录。而在诸多影像纪录中，最令人震撼的是北美驯鹿的事迹：近18万头驯鹿，每年从南部林区迁徙到位于北极苔原的繁殖区产犊，而后不顾狼群和棕熊的捕猎，重返越冬区，完成长达数千公里的迁移，场面气势恢宏，惊心动魄。

但所有这些伟大的长征，都无法跟人类的纪录相比。在21世纪，地球生物的迁徙纪录，已经被一个全新物种——“中国农民工”所彻底刷新。这种高等动物，在每年冬季1月到2月期间的40多天里，往返于中国东部和中西部之间，人数多达8亿，总流量超过34亿（人次），占世界人口的一半，刻写了地球生物史的巅峰纪录。

没有任何一种生物能在规模、勇气和温顺程度上与中国人媲美。该物种面对购票障碍、昂贵票价、极度拥挤的运载空间，以及由此带来的各种难以想象的困苦，毫无畏惧、年复一年地往返于觅食区（大都市）和繁殖区（故土）之间，制造跨越空间的生命奇迹。

不仅如此，这场大迁徙还提供了新的证据，证明人类拥有战胜旅途困境的智慧与机巧。今年流行的“春运神器”，除原始的手推车、小马扎、涂料桶、蛇皮袋、扁担和旧报纸外，又出现了各种升级换代版，其中被媒体和网民大肆追捧的，有“硬座宝”、“鸵鸟枕头”、“大腿枕”、“贪睡支架”和“车颈枕”、“箱包防丢器”、“携带型集尿袋”、“开道惨叫鸡”、“拒踩铆钉鞋”、“充电宝”、“迷你麻将”以及“抢票软件”等等。所有这些发明物形成一条粗大的界线，对中国农民工跟迁徙性动物，做出了深刻的人类学分野。既然无力改变恶劣的春运体制，返乡者就只能利用外延工具，改善自己的生物性能，以适应严酷的长途跋涉。

在那些“春运神器”中，有两件物品具有重大的象征意义，其一是“大腿枕”，该枕头以特种海绵制成，其手感模仿人体皮肤及肌肉，甚至还有微隆的肚腩；另一神器叫作“鸵鸟枕”，其形状犹如一个臃肿的头套，可以用来遮光与隔音，该设计借用了“鸵鸟政策”的原理——在被天敌撵急了之后，鸵鸟总是把头扎进沙堆，以为自己看不到对方，而对方也就无法发现自己。这是农民工用以自我安慰的工具，从无法改变的严酷现实中，它搭建出一个临时而微小的乌托邦空间。

撇开社会学家所称的外部迁徙动因，我们所要追问的是，究竟是什么“精神春药”在推动“中国驯鹿”——农民工的周期性返乡运动？

这是一个令人费解的谜题，但正是“大腿枕”和“鸵鸟枕”揭示出中国春运的本性。它是一种声势浩大的乡愁，寄寓着底层劳动者对于故土、亲属、旧友的思念，并由这种思念而寻求团聚与重逢。在这样的文化诉求里，还应当包括对于所有过去生活痕迹的周期性缅怀。

导致这种乡愁的原因只有一个，那就是中国农民工对未来的迷惘和对现实的焦虑。鉴于东西部、城市和乡村的巨大落差，落后、破败、萧条和资源短缺的故土，无法承受他们的未来梦想；只有到东部发达城市谋生，才能获取生存和发展的基本空间。但基于户籍制度的限定，那些最辛勤的城市建设者，却无法成为新家园的主人，于是他们只能在两地之间狂奔，以搬运一个关于“家园”的文化幻觉。

在某种意义上，春运就是“春晕”，也即一次农历新年期间的自我电击，可以将其视为最剧烈的创伤疗法。它利用一个混乱低效、放肆敛财的运输体系和一种充满苦难的迁徙，来重申改变命运的必要性。每一次返乡，都是一次痛彻心扉的自我告诫，激励着农民工跟乡村道别，成为东部都市的未来居民。但这场悲剧的真正要害在于，无论都市还是乡村，都不是中国农民工的真正家园。只要农民工没有找到自己的理想地，这种钟摆式回家运动就将永不停息。

深藏在这场空间运动背后的是时间的悲剧。拥有漫长历史的乡村，正在面临土壤贫瘠、人口流失、村社瓦解、资源殆尽的终局。就跟玛雅人的寓言一样，它宣喻了五千年的大变局，而建设“社会主义新农村”的唯一出路，似乎只能是告别乡村，走向“城镇化”的未来，通过无数小城镇的崛起，终结长途迁徙的理由。如果这场悖论式变革能给农民带来真实利益，而非制造新的苦痛和悲剧，我们就能指望“春运”成为一个可笑的历史陈词。

作者博客：http://blog.ifeng.com/1286485.html

（朱大可，当代著名文化批评家，学者，小说及随笔作家，是中国最具影响力的文化学者之一，著有《守望者的文化月历》《记忆的红皮书》《华夏上古神系》等。）

柴静：你的死亡谁做主?

博文地址：http://blog.ifeng.com/article/24967024.html

2013-03-27 10:51:27 | 浏览 133179 次 | 评论 53 条

1

王奶奶从病房门后抽出一块窄板子，搁到两把椅子上，这块板上能平躺一个人，只能平躺，一翻身就会掉下来。她七十多岁了，为了照顾病床上的老伴，就这么睡了四年，每天后半夜腰就剧痛，“照了片子，像破锯木一样东倒西歪”。

儿女都有工作，她请过一个护工，那个护工怕病人夜里拔管，把他胳膊用绳子捆在床架上。第二天她看到硌青的手臂，就让护工走了。

病人燥热，只盖着一个被单，上身裸着，身上一点褥疮都没有，也没有任何异味。她每天跪在床上，从后边托着丈夫的胳膊，翻动他，后来抱不动了，用一条干净毛巾衬在他身子底下，抽一下，滚动一点，给他翻身、抹背。

只有她听得懂病人偶尔带着肺里水泡声的咕噜声，给他倒大小便，抓痒，调节呼吸机的进气量。四年前，他因为肺部阻塞感染，造成急性呼吸衰竭，抢救的时候被切开咽喉，插上了呼吸机，一插就再也没有摘下来过。幸亏有她的照料，他才恢复一点知觉，从 ICU 转到老年科，不用像那里的其他病人一样，一个月一个月没有任何知觉地躺下去。

但他清醒后，不能说话——用口型对她说“我恨你”。

2

呼吸机的管路从他喉间插进去，成人拇指粗细，七八厘米长，有一个弯路，从气管里插进去。插管时间长了，压迫支气管，管壁弹性没有了，塌陷了，吸气呼气的张力没了，他感到憋气，厉害的时候脸憋得青紫。用手抓挠，憋得厉害，只能再加大呼吸机的送气量，他腹间如鼓，难受得用手拍，砰砰作响。

插管送入的气是热的，他嗓子一直干疼。

除了呼吸机，严重的时候，他需要插上胃管、静脉插管、尿管，还有胆囊的引流管。鼻饲的管子老捅鼻子，时间长了，鼻腔烂了，只能勉强着喂点米汤。

老人在床上一点都动不了，只能用手捏墙上的皮管子，不断地捏，那是他唯一能自主的事情。在生病前，他是个干净体面的人，养着好多花，十八棵蝴蝶兰，叶子油亮油亮的，两盆巴西红果，结着好多结实的果子，小灯笼似的照眼红。还养活着几只八哥，诗文背得好着呢，大红嘴，特漂亮，天天喊“爷爷好，奶奶好，大姑姑好”。

他想回家，“着急老哭，哭得眼睛白内障，黑天白天地哭，睁眼哭闭眼哭”，王奶奶没敢跟他说，家里没人照顾，花和鸟都死了。

医生知道他有轻生的想法，有一天总算同意他坐上轮椅下床去看一看外头的世界，轮椅推出了门又折了回来——他眼睛已经什么也看不见了。

王奶奶用手给他挠挠背，凄凉地笑笑："所以他就老是心里恨我，说'我嘱咐你别抢救，你高低还是不听话，你还是抢救，你看我受这个罪'。"

3

老人得的病是哮喘，退休前他是协和医院的会计。这么多年，他看过很多患者临终前的痛苦，早跟老伴提过，自己将来一旦治愈无望，就不要再抢救了。

但那只是一个口头的愿望，病急性发作的时候，他昏迷了，家人还是舍不得，儿子说："妈，赌一把吧，抢救一下，万一好了呢？"

王奶奶说："当年他退了休，每天我回了家，他饭就做好了。我的腿做手术时他照顾我也好着呢，那时候想着他有了毛病，也一定得好好照顾他。不管怎么说，活着怎么是个伴，是吧？要不然你剩一个人孤零零的。"

丈夫也知道，他心里舍不得她，舍不得还没结婚的孙女，他现在是为她们而活着。"他说得了，该我受的罪我就得受，我不受也不行，我可能就是这个命。他难受，我也特别难受。"

王奶奶只能偶尔换衣服的时候回家哭一场。"到家里头就把书包一扔，趴床上就哭。哭完了我又害怕街坊都听见，我说我受这么大累，还是天天这么埋怨我，还老说‘恨死你了’。”这句“恨死你了”里，不只是责怪，更多是自责——“你要是对我好，我那样睡着觉就走了，我多好啊，你们也好，这样我对不起孩子，我也对不起你。”

4

我经历过亲人的离世，只是当时我不在她身边，我对人临终时要面临什么样的选择，其实毫无心理准备，对那些有创的抢救——用电击的心肺复苏，喉管切开插管……也没有认识。做这期节目之前，我的感受只来自于电视剧中的“永不放弃”的口号和戏剧情绪：“人只要能救就要救到最后一刻，不管他的生命是否还有质量，不管是否还能够享受空气、阳光、食物，人和人之间的交流，只要我们有，只要我们能够，只要我们在经济上允许，我们就要给他人工的呼吸、人工的心率、人工的生命。”

当年的我如果有机会，也会是这个选择——我会想，只要还能握着她的手，感觉着温度的存在，也许什么代价我都愿意付。

做这个题的时候，罗点点说“你家里一定没有过重病的人”，我才去了协和医院，看到这对夫妇的承受，那句“我恨你”里包含的所有痛苦像刀子一样划拉着人的心，才第一次想到选择的代价。

如果我当时做了选择，那是“我的选择”，不是“她的选择”。最大的承受者也不是我，是她。

5

陈小鲁，陈毅元帅的儿子。他是罗点点创建的“选择与尊严”团队的成员。陈小鲁说，他加入这个团队一个很大的原因，是因为自己当年没能替父亲做出一个解脱痛苦的选择。“那时我父亲，可能已经是基本上没有知觉了。那么这个喉咙里是切开气管，插个管子，他已经不能讲话了，身上都是管子，那我看得非常难受。就是这个人躺在这个地方，人已经不成形了，经过这个疾病的消耗，然后就是靠这个呼吸机、靠这个输液、靠打强心针在维持。”

我说也许在外人看来，会觉得说所有这些管子和心肺复苏，是为了延续他的生命。陈小鲁说：“对，但是延续生命的结果是什么呢？一个是他本人很痛苦，一个是大家都很痛苦，另外就是这个国家资源的浪费。”

“您当时问没问过医生？”

“我就问了一个，能不能不抢救？当时医生就跟我讲了两句话，我记忆深刻。第一个说，你说了算吗？你虽然是他的家属，但是作为你父亲这样一个人，抢救不抢救是你说了算吗？第二个就是我们敢吗？”

他无言可对。

这样的事例很多，他的母亲、好友也都是这样去世。罗点点说巴金先生最后的六年时光都在医院度过，有严重的抑郁症和帕金森症，后来只能够靠喂食管和呼吸机维持生命。周围的人对他说，每一个爱他的人都希望他活。巴金先生不得不强打精神，说再痛苦也要配合治疗，还不止一次地说过：我是为你们而活。

罗点点说："对一个他活着让我们觉得这个世界更好的这样的人，当生命和自然已经给他规定了一个命运的时候——第一，我自己觉得顺其自然是最好的；第二，我觉得大家尊重他自己的选择，这是最好的。"

她说中国人往往附属于一个家族、单位、传统、政治、文化，集体意志高于个人意志，以至于对一个人表达尊重的方式，往往是剥夺了这个人选择死亡的权利。而真正的尊严是一个人的自我意志优先，"不管他是什么样的一个社会身份，不管他是否德高望重，对吧？他自己只要有了选择，我觉得我们大家都应该尊重他"。

2005 年 10 月 17 日，巴金先生心跳变慢，医生判定他已经进入弥留时刻，这次巴老的家属坚决要求放弃抢救，最终得到了同意。

6

创建"选择与尊严"网站的罗点点是罗瑞卿之女，陈小鲁和陶斯亮都参与其中，在这个网站上，人们可以签署自己的"生前预嘱"，来决定"尊严死"。"尊严死"不是"安乐死"，为了区别涉及主动致死行为的"安乐死"，这种只是在临终放弃心肺复苏、气管插管等抢救措施的做法，被称为"尊严死"。

做这期节目时，罗点点说，曾经有人问她，为什么是这些可以得到足够医疗资源的高干子女在做这些事，是不是"吃饱了撑的"。这期节目播出后，也有人留言说："我们现在争取的是活的尊严，何谈'死'

的尊严。”

罗点点很清楚她要面对的现实是什么。“对一个还没有吃饱饭，还没有进入城市生活，还没有完全医疗保障的人，来谈论这个问题是非常可笑的，而且是冒犯别人的。”

我问：“那您为什么要公开提出来呢？您不担心激起这样的社会情绪？”

“我老觉得，我们的社会都是由一个一个的个人所组成的，每一个个人的要求，每一个个人的愿望都应该受到同等的尊重，在你的愿望和你的要求受到尊重的时候，并不表示你排斥或者是你反对另外一部分人的愿望和要求，这是第一个。第二，我认为，中国社会在发展，社会在富裕，大家越来越多要面临这个问题。”

现有的医疗体制中，对于很多公费医疗患者来说，并不存在太多费用负担问题，这就造成了医疗资源在临终人工支持系统上消耗的比例过大。根据罗点点他们的统计，我国每年有 80% 以上的医疗支出放在临终的人工支持系统的消耗上，而且越发达的地区，医疗环境越周全的人群当中这个数字越高。

罗点点说：“高科技的东西都非常昂贵。在 ICU 里面住一天，没有特殊的治疗，就只是维持他的人工血压、心率、呼吸，很多人、很多机器，为了一个没有质量的生命，你能猜一猜花费吗？每一天最基本的花费是五六千，一个月就是十几万。”

她说我们原来只在三级甲等医院里面有 ICU，现在在二线和三线城市里只要有条件的，大家都一窝蜂地上 ICU。为什么？“巨大的经济利益在里面。ICU 是非常赚钱的地方。很多病人可能就放弃了。如果我们能把这一部分医疗资源，放到对疾病的防治，放到对于那些可治愈疾病的治疗上，那岂不是社会的福音？”

我也问过陈小鲁，可能有一些家庭，愿意让自己的亲人在ICU里维持着，是因为维持一天的生存，他的待遇、工资都能保持，还可以让子女沾泽。他想了一下，说：“我承认什么样的人都有，我也不会去评判别人，我只能强调我的选择，放弃是我的权利和自由。”

7

做这期节目时，我与家人常常讨论“生前预嘱”，都是自己的意愿很坚定，对对方的决定却有犹豫。

罗点点的团队里，有一位著名的医生，一直是尊严死的倡导者，但到了晚年，丈夫突然昏迷之后，“第一，她觉得她特别对不起他，你知道吗？第二，她就觉得每天她到那个ICU里面去，看着她爱人那样，拉拉他的手，摸摸他的脸，她就觉得她今天能过下去。要不这样，她就不行。我们说我们太能理解了，而且这件事情真的就说明你们两个人伉俪情深”。

她难过了一下，说“对不起”。

爱也可以导致另一个选择，在协和医院，王奶奶说她最近跟大夫说，如果她的老头儿再需要抢救，人工呼吸和心肺复苏，“不做了，什么也不做了”。

我问怎么了呢？她说：“做过来他更受罪，那电击是350瓦，多少瓦呀，那大铁的，往两肋打，就这么大岁数，哪受得了，把皮都烧焦了。那个人工呼吸也是，把年轻的都得压折了两三根骨头，别说他这么大岁数了，受那么大罪干吗？你看这浑身烫的，乱七八糟的，确实瞅着受罪。”

她对孩子们交代了，也说自己如果遇到类似的事，让她顺顺当当地走吧。

所以“选择与尊严”网站每年都会给所有注册“生前预嘱”的人发一封信，叮嘱他们好好温习一下当年签署的文件，可以随时调整自己的愿望。“我们所有的人都不知道事到临头的时候，我们真正要的是什么”，因为死亡和爱是太私人的事情。

在对罗点点的采访中，有一段对答，它最终并没有剪进片子，事后我却常常想起。

我问她：“那如果您最亲近的人跟你说，不，我不希望像你生前预嘱那样，我就希望能够延长你的生命，我希望能摸着你的手，看着你的脸，那一天我就能过下去，那您会不会尊重他的意愿？”

“那不行，那坚决不行。我不会因为他而改变我自己的意愿，我不会，到时候你自己去纠结吧，反正我这么说。”

“您这么坚决吗？”

“他纠结了，那是他的问题了。我已经到另外一个世界去了，这个世界不属于我了。我自己觉得，我不是那样的人。”

我问：“您会期望医生还按照您的意愿执行？不打算为了爱你的人活着？但您刚才难过的时候感觉也是一个很深情的人。”

“我自己认为，人只能够是在叙述已经发生过的事情的时候，才会有把握，事情还没有发生的时候，我觉得千万不要做任何情感上的允诺。每一个人要为自己负责，每一个人都是一个自由的个体，一定要为自己负责，不能够，对不起。不能因为一句话来改变自己的初衷，不可以，完全不可以。”

她有自己的生活经验和信条，这是非常私人的事情，不必求同。但触动我的，是她唯一承认的是人的自由意志，她只承认个体按照自身意愿独立做出的选择，而不能被挟持，哪怕是被爱挟持。在忠于自己的前提下，人可以改变选择，任何改变都应该尊重。我问她这些年动摇过吗？她说到目前为止还没有，“但是我不知道我会不会动摇，我真的不知道”。

“那么如果到那一天，您会怎么办呢？”

她哈哈大笑：“我去改我的生前预嘱，我会跟我的孙子说，你们只要有一分钱，你们就得留着，那边人我都不认识，你们这边人我认识，你们留着给我。那很可能。”

“如果有那样一个变化的话，会怎么看待您自己呢？”

她答完这一句，嘴边笑意久久不去：“那我觉得我很自然，我很真实。”

作者博客：http://chaijing.blog.ifeng.com/

（柴静，著名电视媒体人，著有畅销书《看见》，曾任央视《看见》栏目主持人、《新闻调查》出镜记者。）

曾颖：教育极端功利将人变成拜金的物质动物

博文地址：http://blog.ifeng.com/article/27910989.html

2013-06-07 15:16:22 | 浏览 89433 次 | 评论 64 条

不久前，我从单位辞职的时候，一位朋友不无担忧地问我："今后你孩子的教育怎么办？你不打算为她提供更好的教育了？"这话问得我一愣一愣的，我不明白的是，在我辞职的时候，他不担忧我的生计，反而担心小孩的教育，足见，在他心目中，孩子的教育比生计更严重也更难对付一些。

其实，如果知道他这些年的人生轨迹，就一定不会诧异他有如此的看法。早在几年前，关于孩子的教育，我们就有个比较激烈的争论，而这种争论一直持续着，谁也没有说服谁。

比如，在孩子上幼儿园的问题上，他是个坚定的环境论者，即一个孩子的成长，环境起着至关重要的作用。这一点我也并不反对，但在具体实施路径上，以及判定什么是"好环境"上，我们产生了严重的分歧。比如，他觉得能给孩子好环境的只有机关幼儿园或私立贵族幼儿园，认为那里硬件设施好，而且安保措施也得力，最重要的是那里就读的孩子非富即贵，给孩子从小营造一个有营养的人脉环境非常有必要。虽然，为此每年多花个一两万元（现在更多），那也是很值得的，不要让孩子输在起跑线上嘛！

而我则认为，幼儿园不过就是一个让孩子从孤立的家庭环境走向群聚的社会环境的一个过程，孩子们在这里与同龄人交往磨合，并学习一些基本的生活常识与规则。这样目的的幼儿园，不需要太豪华的装修，也不必要付过分高昂的费用，只要安全、干净、温馨就足矣，很多贵得让人不可理喻的东西，不是必需的。而且，我们每个人都在指责和咒骂高额的建园费，认为那是自幼教小孩子们行贿和有钱就能买一切的邪恶价值观，但骂完之后，该缴钱还是缴钱，该拉关系还是拉关系。而孩子们在我们面前学到的第一课便是“心口不一”，自幼就学会“宣扬自己所不信奉的东西”。我和朋友的争论，以各自持保留意见而告结束。看着我把孩子送到不交建园费的“屌丝幼儿园”时，他那悲悯的眼神，至今令我难忘。

他的孩子比我女儿大几岁，他在孩子读小学的前几年，就精心规划了孩子的就学路线图。为此，他在自己满意的学区里购了房，谁知学区规划调整，他又动用关系，想方设法把孩子送到他经过几年调查甄选并最终得出结果的小学。为此，他所下的功夫，绝不亚于再读一次大学，他曾无限感慨地说：在为孩子写入学鉴定书时，他所费的精力，不亚于当初写毕业论文……

我对他这种近乎诚惶诚恐的做法感觉有点不可理喻，一如他对我的很多做法也嗤之以鼻一样。我们虽然彼此都不认同对方的做法，但这并不妨碍我们之间的一个共识——他和我对孩子都是爱的，只是我们的方法不一样。

他对孩子的爱，表现在以一副承揽一切甚至代替她规划人生甚至想帮她走过人生道路的架势。这种心态，爱孩子的父母多少都有一点，大家总担心在社会的风风雨雨中，孩子稚嫩的肩膀承担不起他们所面临的种种责任与负担。我们在上学路上，随处所见的由父母或爷爷奶奶代背书包上学的场景，其实是中国式父爱母爱的一种最典型形象——小学时家长代孩子们背书包，初中时父母帮孩子打架，高中时父母成为高考后勤补给团团长，大学时父母到学校帮孩子铺床叠被。经过如此一番无微不至、呵护倍加的代替式哺养之后，孩子们在毕业之后无所事事，成功成为啃老一族，而成年后的他们，父母依旧在代替他们找工作，代替他们相亲，代替他们全资筹备婚房和婚礼。等他们好不容易亲自生下孙子或孙女，一场隔代代替式的人生轮回，再一次开始……

这种爱与呵护，是当下中国家长们的主流。究其原因，其一是大多数家庭生育的都是独生子女，孩子以稀为贵；而另一个原因，是孩子的爷辈和父辈都是经历了物质窘迫的贫穷时代，一切都欠缺的匮乏记忆，造就了大家的饥饿与亏欠的心理，当这种心理与宝贝独生子女扭合在一起时，便产生了奇异的化学反应，并形成当下社会的种种奇观。

一些父母，从孕育孩子那天起，便开始了令人惊奇的盘算，这种盘算不仅止于排卵期之类，而是对环境、氛围、温度和心态，以及食谱，都做了精心考量。有些人，甚至对孕房的风水，都会请人用罗盘来勘测一番。怀上之后，各类名目繁复、收费奇高的检查应市场所需，纷纷出笼。各种与婴儿用品用具相关的东西，都以一种公主女儿不愁嫁的姿态，价格屡攀新高。并不是商人们眼光有多犀利，而确实是因为这个市场的需求太急迫，太跃跃欲试了。而之后的各种高喊着“不让孩子输在起跑线上”口号的早教，幼儿英语、幼儿珠心算、幼儿商学，各种高档智能玩具和特殊食品，应孩子们父母殷切的愿望而出，并煽动着这种愿望之火越燃越猛，越燃越烈。如此形成一种威压的气氛，让那些不愿被牵着鼻子或没有能力跟着去消费的人备感压力，甚至产生“我不爱孩子？”之类的困惑。

这种极端物质化的“爱”，一直延续到孩子成长的各个环节中。各种名幼儿园、名小学、名中学、名大学，是为满足这种“爱”的极端化产品。这种人为加大不公平，集优势教育资源为少数人服务的教育宗旨，就是为了迎合一部分家长给孩子提供“更好”教育之需而建立的；而于校方，“更好”的标准，是花更多的钱修更好的房子引进极致的昂贵生活方式提供各种看似高级实际却不知所谓的“皇帝新衣”式的教学方式……

这种极端功利与物质化的教育，客观上加强了社会各阶层的割裂感与焦灼感，从长远来看，对社会的和谐是无益的。它固化社会层级，恶化社会风气，使很多人变成“物质动物”，唯物质和金钱至上，道义放两旁，利字摆中间。无论对社会氛围还是对个人的修为和性情，都有极其负面的影响。

我那位朋友大致是认同我这番道理的，但他最常说的一句话便是：“大家都这样，你不这样，是要吃亏的。”这句话真实地反映了许多人的真实心态，大家被裹挟着，形成一股洪流，一面发泄着不满，一面同流合污。

身处洪流中的我，时常对此发出一些无可奈何的感叹，并努力地希望用自己的努力，去至少做到“独善其身”，为此，我从孩子很小时就坚持对她在人格品质上进行培养。我无须她成为一个考试能手，但我希望她成为一个有正确价值观的人；我无须她成为一个名牌鉴定专家，但希望她成为一个从生活细微处品味出美好与幸福的人；我无须她成为一个精于财务算计和权谋规划的人，但希望她成为一个不为蝇头小利和利害得失而每天活在诚惶诚恐中的人；我不送她去名校受教育，但我会为她营造一个有情有义的家庭氛围，让她从中体会善意和美好；我不为她延请名师，但会身体力行地在她面前保持风度与气节，陪她玩，陪她去郊外观察，陪她写相同题目的作文；我不会送她超出我们购买能力的奢侈用品，但我会陪她一起画画，一起做手工，并从中体验到无与伦比的天伦之乐；我不会从她幼年时就开始勤挣苦攒学费送她去留学或为她置办令人瞠目的嫁妆，但我会陪她旅行，陪她成长，用心灵和文字，记下与她一起成长的点滴快乐与趣味……

用我那位朋友的标准来看，这更像是一个“屌丝宣言”，是一个不负责任的父亲的心灵独白。但关于爱，关于女儿，我的想法就是这样的，我知道，要做到这些，并坚持到底，其实很难!

作者博客：http://blog.ifeng.com/1405302.html

（曾颖，专栏作家。）

木然：活得累

博文地址：http://blog.ifeng.com/article/31048525.html

2013-11-07 10:12:23 | 浏览 142364 次 | 评论 88 条

现在的人，“活得累”。有活得不累的人吗？大概没有，大家都累。有钱的人累，没钱的人也累；有权的人累，没权的人也累；物质生活累，精神生活更累。这个社会本身就是一个累人的社会。每一个人就如同空气中流动的尘埃，不知飘向何方，不知落在何地，没有方向感的焦虑与纠结，没有安全感的苦痛与恐惧，没有思想感的轻浮与悬置，没有人生感的空洞与虚无，没有灵魂感的不洁与脏乱，每一个都有被掐住喉咙般窒息的感觉。

也可能教师是“活得累”的代表。教师“活得累”，一是因为背负着传统这一重重的壳，中国古代的说法是传道、授业、解惑；二是因为背负意识形态的重重的壳，教师被赋予了“人类灵魂的工程师”的角色；三是背负着精神生活构建的重重的壳。这三个壳，如同三座大山，压得教师们喘不过气来。可教师是一个人，一个有血有肉的人，他们也有人间的生活和世俗追求，他们也有向下堕落的魔鬼的引诱，也有向上飞舞升腾的天使的呼唤。

在世俗社会之中，精神追求显得不那么重要，活得累，又不被社会理解，而经常被社会误解，尤其是在反智主义甚嚣尘上的社会中，教师之累还因为恐惧。于是，教师想卸下重重的壳，卸下伪装，想过人的生活，想过类似小人般的真实生活。但这种生活是可遇而不可求的，反智主义一直玩着把教师的壳拆下又装上的游戏，教师成了反智主义的玩偶。

不过，这种事换成韦伯的口吻就显得崇高了。在韦伯那里，“活得累”主要不是起因于世俗生活，而主要是起因于精神生活。每一个人的精神生活是不同的，每一个人都有不同的价值追求，每一个人供奉的可能都是不同的神。这种精神生活如果忠实于自己的内心，如果供奉的是符合自己价值的神，顺从内心的价值，将会得罪“所有其他的神”，开启众神之战，众神之战一旦打响，就会活得累，身心疲惫；如果不忠实于自己的内心，哪一个神都不得罪，每一个神都供奉，对每一个神都虚与委蛇，那活得更累，这属于精神造假，如果再来诸多精神城管，就会开启魔鬼之战，精神城管拉偏架，不被判精神死刑才怪。

马克斯·韦伯也是生不逢时，他那个时代的人，尤其是那个时代的大学教师也是“活得累”。好在那个时候，活得累是学术之累，因为每一个当大学老师的人不知道自己能不能搞学术，会不会搞学术，搞了学术会不会被社会承认，搞的学术会不会听从自己内在的良知，会不会听从学术的召唤。那些有学术信仰和学术思想的人，在年轻的时候搞学术并不总是有自信，等到学术思想成熟的时候，也可能恰恰是他生活在那个时代的人、甚至就是那个时代抛弃了他。

这种被时代抛弃的感觉，无论多么深邃的思想家，都会有着痛入骨髓的感觉。于是，人们经常看到，那些把学术思想看得重于生命的人，那些为学术思想而献身的人，那些为学术而学术的人，不是疯了就是癫了。

教师会面临着社会的价值之战，“希腊人时而向阿弗洛蒂忒献祭，时而又向阿波罗献祭，所有的人又都向其城邦的诸神献祭，今日的情形也如出一辙，只是那些礼俗中所包含的神秘的、内心深处又是真实的变化，已遭除魅和剥离而已”。那些古老的神，“魔力已逝，于是以非人格力量的形式又从坟墓中站了起来”。大学教师如何在诸种价值中进行选择，在选择价值之后又以什么样的面目对待自己的学生，如何在选择价值之后顺从学术伦理，都是极难解决的问题。

如果从另一个意义上来说，韦伯恰恰又适逢其时。韦伯的学术思想没有权力的介入与干涉，他有自己从事学术的自由，他的学术思想与学术成果得到同时代人的认可，也得到后代人的认可，对韦伯的思想研究也成了一个重要的学术产业。每一个研究社会学的人，都必须提及韦伯的科层制理论，每一个研究政治学的人，其合法性的概念，其权力类型的划分，都会提到他，总会在他的思想领域下深耕细作。韦伯是幸运的，时代对他的学术思想给予了巨大的回报。

有了类似韦伯的学术成长环境，教师活得累，只是精神之累，精神之累也会带来精神快乐，快乐从累中产生。如果没有类似韦伯的学术成长环境，教师仅仅是活得累，却没有累之后的快乐，这种累，才是累中之累，才是困苦之累，才是无奈之累。没有快乐的累，是社会病的标志。

作者博客：http://blog.ifeng.com/6978990.html

（木然，辽宁师范大学政治与行政学院政治学系博士生导师，网络政治研究中心主任，著有《权力制约的多维视域》。）

曾颖：十元钱的红包

博文地址：http://blog.ifeng.com/article/31777150.html

2014-02-06 17:44:23 | 浏览 329006 次 | 评论 224 条

乡下的表叔又来了，送来两块自制的腊肉和几把面条，还有我们最爱吃但城里的菜市场中不易买到的油菜头，临走，还给每个侄孙侄孙女发一个红包。红包也是自制的，用红纸和带着粮食香气的糨糊黏合而成，上面用毛笔工整地写着孩子的名字以及“新年快乐、健康成长”之类的文字，里面装着一张崭新的10元钞票。这是他多年如一的规定动作，在距春节前十几天一定要完成，然后心满意足地回家，整个正月不进城里来。因为这样，可以躲开亲戚们给他的孙子发红包。他这样的举动，还包括亲戚们每一次婚丧嫁娶的酒席，他通常是在自己能力范围内，送最大一份贺礼，但这份贺礼与另外的贺礼相比，也如他的压岁红包与别的压岁红包之间的差异一样。他为了不占一个酒席位子，而总是悄悄躲得很远。他不想被人当成空手套白狼的穷亲戚。

对于被一年比一年更厚的红包撑大了胃口的孩子们来说，表爷爷那个外表土气且身材瘦小的红包引来的轻视与不屑是可想而知的，拿到表爷爷的红包后，性格内敛一点的孩子，将红包在脸上扇扇，做个鬼脸坏坏地笑一下；而性情外露一点的，则撇撇嘴，有声或无声地说一声“抠门”。对于这些在银行账户上积累的压岁钱都超五位数的小富翁来说，这10元钱的小红包，实在太小了。而在这个以大小论红包美丑的时代，它的不招待见，也是显而易见的，它决定了某些侄孙儿们对这位表爷爷的观感。

表叔也是知道孩子们对他的看法的，但他从不计较，也不争辩，更不会向孩子们解释这10元钱需要他卖5斤米，这5斤米需要收8斤谷子，8斤谷子需要他在1.5平方米的稻田耕种收割忙活几季，他全家可以凭此过两天的生活。在发完红包之后，他总半是愉悦半是遗憾地离开，让观者心中有一种空落落的感觉。

表兄妹们似乎也有此同感，有人曾当面对表叔说让他今后别再给孩子们发红包。表叔总是笑笑，说：“这大过年的，给孩子们送个祝福，添点喜气，你总不能让我们这些穷人，连祝福别人的权利都没有了吧？”他说这话时的表情，平静得让说者在心中暗骂自己浑蛋，并忍不住向自己提这样一个问题：现在，许多人都把压岁钱和春节贺礼搞得跟军备竞赛似的，你砸过去三百五百，我报复性地回五百一千。心里并不完全情愿，而嘴上却笑嘻嘻的。这样的结果，是红包越来越厚，而人情却越来越薄，亲情中一些温暖的东西在悄悄变冷变淡。每个人都在抱怨不妥，但却没有一个人愿意从自己开始着手改变。

表叔坚持给孩子们发红包，是为了感谢城里的亲戚们在他前些年做胃切除手术时对他的资助。他知道，就数量而言，那些钱是他这辈子永远不可能还得清的。但他多年来很上心地为我们所做的一切，却是我们永远无法做到的。仅举一个小例子，如果让城里的亲戚们给他的孙子写一个红包，估计有七成以上的人，不打电话问一下是难以准确书写出孩子的名字的。

捡起孩子们扔掉的那些写着他们名字的红包，感受表面如表叔皮肤般粗拙的外表，想象此前几天的某个黄昏，坐在夕阳下的小院里制作它们时，表叔缓慢但心满意足的表情。每一个动作，都充满了仪式感——那是一个穷人不应该被轻视的亲情与尊严。

作者博客：http://blog.ifeng.com/1405302.html

（曾颖，专栏作家。）

柴会群：众叛亲离

博文地址：http://blog.ifeng.com/article/31829907.html

2014-02-13 22:46:20 | 浏览 268338 次 | 评论 160 条

一

今年春节前一个多月，我回家看生病的母亲。母亲此次生病是因为我。自从弟弟出事之后，她对我越发依赖，近期几乎三天两头来电话。最近这次，我赶稿心烦，便在电话中呛了她。第二天早上父亲来电，说母亲脑梗住院了。

母亲原本多病缠身，脑梗是糖尿病的并发症，好在并不严重，在县医院住了一周就出院。住院期间有个插曲。科主任查房的时候，我想记下他的话，以利于母亲后期治疗，因手头没有纸笔，便顺手用手机录下，结果无意中捅了娄子。在县医院上班的弟媳被院方叫过去，问是不是对医院有意见。弟媳紧张坏了，我也赶紧澄清，但医院仍不放心，以关心本院职工家属的名义，派了一名副院长来看望母亲。

我这才真正体会到，因为“谈话死”事件，我已成为家乡人眼中的异类，甚至是敌人。

“谈话死”是三年前发生在我的母校高中的一起学生意外死亡事件。我的弟弟柴会超是涉事班主任，他在教育那名违纪学生时动了手，后者离奇倒地死亡。柴会超压力很大，发短信问我怎么办。我咨询了几位朋友，之后回家，背着学校，带着他到派出所投案。柴会超后来以“过失致人死亡罪”被判刑六年六个月，上诉后维持原判。

这件事——确切地说是我在这件事上的做法——在家乡引起很大争议。我至今还记得在一个饭局上，一位县法院领导痛心疾首的样子。他对我的做法深感不可思议，毫不掩饰地认为是我把弟弟给害了。

我后来曾设想，假如柴会超当初不给我发那个短信，没准他现在仍然还是一名教师。而我也不至于为此饱受煎熬。

他为什么非要发那个短信？我还记得自己当时赶到学校安排他躲藏的那家宾馆时，他分明跟我说：你帮不了我。

大概从六七年前起，为了帮父母排遣寂寞，我给他们订了一份《南方周末》。因为农村收报纸不方便，我后来把地址变更为柴会超在县城中的家。这样每一期报纸他会先读到。我想，在决定给我发那个短信时，他大概已经受到这份报纸所秉承的价值观的影响。

“你们是替弱者说话的，”见面后柴会超跟我说，“学生是弱者，按说你应该站在他们那边。”

后来，我曾将我在这个问题上的纠结跟一位在家乡政府部门工作的同学吐露。同学正色跟我说：“你错了，这件事情中，你弟弟才是弱者。”

事情后来的进展似乎印证了同学的话。柴会超投案不仅得罪了学校，也未能取得家属的理解。相反，死者家属此后更加强势，在事件进入司法程序后，不仅多次上访，还把主办此案的检察官咬伤。开庭时更是大闹一通，甚至威胁要杀死柴会超的辩护律师。

媒体报道则不出意外地一边倒。柴会超成为教师体罚学生的负面典型。我还记得有一家电视台的主持人指着后来恢复的监控视频画面，义正词严地说："柴会超是故意把学生带到一个离监控较远的地方……"

至于学生的真正死因，以及此案中涉及的法律问题，似乎只有我和柴会超在乎。

我还记得那天动员柴会超投案时，他很是犹豫，说那样做有种众叛亲离的感觉，但最后还是听从了我。在去派出所的出租车上，他悄悄给妻子发了一条短信，说"解脱了"。弟媳知道不妙，马上电话追过来，厉声说你若说了实话，"咱全家全完了"。柴会超那时已经下定决心，说了句"你不懂"，便挂断电话。

二

在弟弟投案一事上，母亲曾是我在家乡唯一的支持者。可是，这次回家让我发现，那只是个假象。在出院之后的一个晚上，母亲终于对我说出了心里话。

"你错了，"母亲说，"为什么不跟着学校走呢？学校代表县里，县里代表市里，学校要保他，县里要保学校，市里要保县里，这不是很明白的事吗？这么简单的道理你不信，却偏偏信什么法律。"

"你活在这个社会上就得随大流，搞特殊不会有好结果。"母亲越说越激动。

在沉默了一阵之后，我开始反击：“如果我真随大流的话，你已经不在了。”

我指的是前年母亲那次住院的经历。在柴会超出事之后，她的心脏开始不好，终于在一天晚上心脏病发作。当时我在上海，弟媳打电话来时，母亲被送到医院，人已经昏迷。医生建议上呼吸机，家里人都同意了，弟媳最后征求我的意见。

我六神无主，立即找到我认识多年的陈晓兰医生。她当着我的面打电话给当地医院，详细问明情况之后，认为不可气管插管，因为母亲的呼衰是由心衰引起的，上呼吸机纠正呼衰，可能进一步刺激心衰导致死亡。

我听取了陈医生的建议，拒绝了当地医生气管插管的建议。事后我才发现，这是我这辈子做的最重要的一个决定。

大约一个小时后，母亲呼吸好转，第二天心跳基本恢复正常，一周后出院。

后来我知道，在帮我做出决定时，陈医生也在承受压力。

至于处理的医生为何决定要上呼吸机，医生朋友认为可能主要是缺乏经验和不愿承担责任的缘故。这个我能理解。这些年做医疗报道的经历，让我了解到医院一些鲜为人知的潜规则。比如，有的医生为规避风险，会夸大病人入院时的病情。母亲入院后如果上呼吸机，就说明病情极为严重，因此一旦出现意外，只能归咎于病情本身。

虽然我以这个例子勉强说服了母亲，但其实从内心里，我已对当初的决定产生动摇。我知道，母亲的事和弟弟的事不一样，至少结果不一样。我有时在想，假如母亲那次没能救过来，在家人眼中，我是不是又做了一件不可原谅的蠢事？或者，假如“谈话死”事件柳暗花明，柴会超被判无罪的话，那么我会不会又是另一种形象？当然，这些仅仅是假设而已，现实不可更改，它充满了悖论，让我无所适从。

我现在仍在帮柴会超申诉，以尽我在这件事上的责任。然而，我马上又面临了新的困境。我听说，根据监狱里的潜规则，申诉将会影响到减刑。而让柴会超尽快出狱，是家人的共同愿望。我不知道他们还有多大耐心容忍我在他们认为错误的道路上越走越远。

现实似乎又要给我上一课：我做得越多，给亲人造成的伤害却可能越大。

三

去年年初Z县的全县干部会议上，面对电视直播镜头，时任县委书记在讲话中突然脱稿，不点名地批评我这个Z县养育的“小小记者”，斥责我“是非不分”，“恩将仇报”，“对不起Z县的父老乡亲”，“无脸再进Z县这个门”！

他说得并不完全错。实际上，自从经历了弟弟的事情之后，我越来越对家乡产生一种陌生感，我从内心开始排斥那片生我养我的土地，我已经连续三年没有回家过春节。被县委书记骂了之后，我更是有意疏远一些在家乡工作的同学，以免他们因我受到牵连。好在书记后来调走，我以为我在Z县的负面形象可以消解，但此次母亲住院的经历，让我重新摆正了自己在家乡的位置。

我的家乡Z县原本是一个毫不起眼的县。但近十几年来，在一家大型棉纺织企业的带动下，经济上实现了腾飞，GDP连年位居全国百强县前十名。我所在的那个村，绝大多数成年人都已到工厂上班，年轻人大都买了车。像我们这样的孩子靠考大学跳出农门的人家，早已不是人们羡慕的对象。

可是，在家乡“跨越式”发展的同时，一些我熟悉和眷恋的东西却渐渐一去不复返了。

在一场不期而至的金融浩劫之后，情况更加如此。

其实，县委书记生我的气，主要缘于我前年下半年写Z县高利贷的一篇报道。他认为，这篇报道是我对县里处理“谈话死”事件不满而产生的报复。

柴会超出事的时候，Z县的高利贷状况正如火如荼，这是一场真正意义上的“全民放贷”,家乡因此危机四伏。高利贷崩盘之后,离婚、外逃、绑架、杀戮一度成为这场游戏的主旋律。但奇怪的是，冲突多潜伏在水下，Z县表面上仍一片和谐，以至于当初我几次回家，竟然对这场发生在身边的风暴一无所知。

一直到2012年下半年，在柴会超一审宣判之后，我回家后听父亲说起，我的堂弟借了我表哥（也是堂弟的表哥）60万元放高利贷，结果被人骗了。表哥向堂弟追债未果，喝醉酒到我家嚷嚷要找黑社会把堂弟家所有东西搬光，“连一片铁也不留”。

之后我陆续知道，我的小姑也在高利贷中损失了近10万元；另一位较远的亲戚，因为卷入高利贷已经离婚外逃。我还有一位在镇政府上班的表弟，前年曾言之凿凿地跟我说没有参与，可这次回家我才听表姐说，他弄了30万元，有一阵已经窘迫到连车都不洗的地步。后来柴会超也在监狱里写信告诉我，说他当时也曾打算从银行贷款30万放出去，以赚取可观的利差。如果不是因为“谈话死”事件，他可能真那么做了。

我在调查Z县高利贷的过程中，遭遇到职业生涯中第一次实质性危险：光天化日之下，我在一个村子被一个放高利贷的大户殴打。我高声呼救，没有一人理睬，最后直到我亮出记者证后对方才收手。那一次，我前所未有地恐惧。不是因为打人者的凶狠，而是因为旁观者的麻木，而他们都是我的乡亲。

我写Z县的负面报道，一些同行也感到不可思议:不碰自己老家，本是这一行的不成文的规矩。他们可能和县委书记一样，认为我的确出于私心。

其实，写这篇报道的动机，如果说跟“谈话死”有共同点，那就是我在勉力履行一个并不强大的信念：在我们身处的这个年代，一些本来以为很遥远的灾难，可能转瞬间就来到你的面前。有时候，你需要鼓起勇气，多承担一点责任。这不是帮助别人，而是在拯救自己。

作者博客：http://blog.ifeng.com/12617604.html

（柴会群，《南方周末》记者。）

丁征宇：中国最大的歧视是什么？

博文地址：http://blog.ifeng.com/article/31912453.html

2014-02-24 11:22:56 | 浏览 136738 次 | 评论 53 条

歧视，可以说是世界性的问题。当前，世界各国最主要的歧视是种族歧视，如美国，白种人、黑种人、黄种人在美国的待遇是不一样的，每年发生的各种种族歧视现象很多，表现在就业、言行等方面。当然，男女性别的歧视也是当今世界最大的歧视之一，虽然男女平等宣扬了很多年，女性地位也有了长足的进步，但在世界许多国家，包括发达国家，尤其是在一些宗教国家，男女性别的歧视仍然十分严重。另外，民族歧视在许多国家和地区同样十分严重，许多国家的分分合合、内乱、战争等现象的发生，都是民族歧视引起的。另外，宗教歧视也很普遍，不同的宗教甚至在同一个宗教的不同派别之间有矛盾，有纷争，甚至有流血冲突，这种现象也很突出，主要表现在当前中东的一些国家，内乱长期不断。

但是，在中国，这种歧视似乎都不存在，或者说并不严重，如种族歧视问题，中国人绝大部分都是黄种人，虽然在新疆个别地区有白种人，如俄罗斯族，但我们能够做到和睦相处，不存在任何种族歧视。

中国虽然有56个民族，但当今的中国，民族问题早已不是问题，无论在就业、上学、升职等许多方面，从来没有因为民族的不同而产生矛盾。即使有矛盾,那也是个人问题,不存在普遍的歧视问题。在中国，少数民族在就业、上学、升职等方面还有许多优惠条件。男女平等问题在中国更不存在歧视，相反，中国许多地方男人不但不强势，还处于弱势。如现在考大学的是女性多于男性，在官场上明确规定女性至少要达到一个什么比例，尤其在家庭中，无论老公有多少钱、当多大官、有多高地位，在家里，必须乖乖地听老婆的话，所有权力都归老婆。相信许多男人都感同身受，尤其在结婚方面，男人打光棍是没有本事的表现，而女性打光棍，是女强人的象征。而在宗教方面，中国或许是世界上宗教及派别最多的国家，但宗教之间从来没有过任何歧视。每个人都有信教的自由，也有不信教的自由，没有人去歧视你，那是你的权利；也没有本土宗教如道教高于外来宗教的歧视，你既可以信道教，也可以信佛教、基督教、伊斯兰教等，没有人去笑话你，更没有人去阻止你。甚至在一个家庭中，当一个老人去世之后，哀悼方式有的后代用的是伊斯兰教的，有的后代用的是基督教的，有的后代用佛教的，后代之间也互不干涉，各信各的，有的哭，有的笑，那是后代自己的自由，旁观者也都能接受。

但中国难道就很平等，没有歧视吗？在目前来看，中国同样也存在歧视，而且这种歧视还十分严重，已经严重地影响社会的安定、团结，引起了上层的高度关注，目前正在立法方面想尽一切办法去解决。这种歧视就是身份的歧视。中国人讲究身份历来已久，有几千年的传统，如过去的皇族在一定的时间或者在一个朝代之内都高人一等，是人上人；如权贵一族，当官的实行世袭制，父亲当何官，子女之间至少有一人能够世袭，虽然在两千多年前，陈胜吴广就提出了疑问，“王侯将相宁有种乎”。而且在后来的朝代更迭中，各代帝王也注意了这个方面的矛盾是十分危险的。所以，中国几千年来实行科举制，为的就是让最底层的人士能够有流向上游的机会，改变身份。另外，还辅助以招贤纳士等方法，让各个阶级的人能够改变身份。所以，几千年来，底层的人士会读书的走科举之路，有其他本领的用招贤纳士之法，有钱的用钱捐个身份，这样，在不同程度上稳定了社会，让人有上进的空间。

新中国成立以来，在身份的认同上有更多的方法，如过去考上大学就有工作安排，成为国家干部；近年来，实行公务员统一招考，其实都是过去科举制的另一种方式。但是，在当前来看，身份的歧视仍然十分严重，从上学填制表格开始，就要填父母的身份。到就业，同样要填类似的表格，最主要的是在同一个岗位上同工不同酬的表现让老百姓有很多的意见，在同一个企业、机关，因为你身份的不同，工资、福利、社保、待遇、提拔的可能性就不同。现在我们既有干部，也有公务员，还有合同工，更有临时工，当然还有劳务派遣等五花八门的用工制度，即使在私有制单位或合资企业，也有这样的分别。如新浪这样大型的企业，丁丁也发现，有的员工就有中餐补贴，有的员工没有，这其实就是身份歧视。你在一个单位，因为所谓身份的不同，享受的待遇就不一样，即使你和其他员工的工作性质是一样的，但因为身份不同，你的报酬、福利、社保、待遇、升迁等都不同。

另外，身份的不同还表现在你父母的身上。如你的父母是领导，你在你父母系统内工作的可能性就很大，升职的可能性就很高；如出现的所谓官二代、商二代、油二代等许多的二代现象，其实也是一种身份的歧视，因为你父母的问题，你就让别人失去了平等竞争的机会，你成为正式员工，别人成为临时工的机会就大。这种身份歧视在中国太普遍，已经引起公愤，让人感叹“龙生龙、凤生凤、老鼠生来打地洞”，更让人感叹“奋斗不如出生，不如有个好爹妈”，所谓的“将军的儿子只能是将军，因为元帅有儿子”其实就是身份歧视的典型概括。这种歧视已经衍生到各个行业，影响了公平竞争的原则，十分危险，因为这种身份歧视已经形成了一个庞大的既得利益阶层，严重地阻止了国家改革、发展的需要。现在，许多法律之所以难以制定，难以颁布，难以施行，难以执行，根本原因就是身份歧视在作怪。如养老、医保等方面的改革之所以举步维艰，就是一种典型的身份歧视，以至于领导退休后仍然是领导，各种补贴、福利甚至是医疗等方面都要表现特殊，要高人一等，老百姓十分有意见。

当然，身份歧视还包括地域或者是户籍歧视，如前几年，国务院某机构招人要求是北京户口，当时就引起人质疑，国务院到底是北京人的国务院还是中国人的国务院？另外，中国人在中国境内流动竟然有许多限制，如就业、升学等方面，这也是中国人感觉最不舒服的一种身份歧视，仿佛你出生在哪里，你的身份就定格在哪里，虽然目前有所改变，但离人们理想的距离似乎还有十万八千里。

身份歧视在中国由来已久，其危害有多大相信大家都明白，但身份歧视这种观念已经根深蒂固，要想改变，中央必须拿出自断手腕的勇气，因为一旦改变，将涉及自己的既得利益。但如果不改变，社会将陷入动乱，最终也影响到自身的利益，而且更大。所以，在中国，要想消除身份歧视这种观念不可能一蹴而就，而是一条艰辛而漫长的道路，任重而道远。

作者博客：http://dingzhengyu.blog.ifeng.com/

（丁征宇，知名博主。）

张鸣：不会阅读的学生

博文地址：http://blog.ifeng.com/article/32448209.html

2014-04-08 00:00:00 | 浏览 135191 次 | 评论 146 条

据统计，中国出版物，70%以上，都是教材。而且人均年阅读量很低，平均不到1本。中国有近亿的学生在上学，但谈到阅读，都是强制性的，读的不过是教材，还有一点老师推荐的教辅材料。就那么可怜的一点自主阅读的比例，还有相当大的份额，是几类无聊的作家的“杰作”，诸如一些低劣的穿越、盗墓、玄幻、种马小说。手机互联网时代的到来，使上网人数成亿地增加，但人们在手机上阅读的，90%以上，都是这种毫无价值的东西。稍微讲求一点逻辑，讲一点道理的文字，好多网民（相信多数都是学生）就看不懂。

有大人物出来呼吁，中国的母语教育需要加强，因为学校过于强调外语教学了。教育部积极响应，据说要把高考的外语分值降低，北京市中考，率先实行，英语从150分降到了100分，而语文分值如旧。接下来估计还会增加语文教学时间，增大课时量，以强调他们如何重视母语教育。

这样的改革，有效果吗？有，不过是反着的，越折腾，学生的母语水准越差，现在只是好坏不分，再过一阵儿，就该嫉好如仇了。在本质上，中国的语文教育模式就有问题。对于教育者而言，语文教育，应该是通过成型知识的学习，引发学生对阅读的兴趣，让学生通过阅读经典语文，增益自己的文学素养，提高读写能力。阅读过程本身就是识字过程，也是培养阅读兴趣的过程。但是，中国的语文教学，小学识字阶段的课文，被矫情的拟人、比喻性的范文所充斥，教学过程，似乎就是为了不让学生好好说话。基础的识字阶段过后，语文课本的范文倒是有几篇像样的文章了，但每篇文章的教学，都是中心思想、段落大意、写作背景，然后就是字词句，分析拆解。每篇文章都会有中心思想吗？作者这样告诉你们了吗？作者的写作背景，你们怎么知道的？段落大意，只有一种概括方式吗？只能按老师的意思来概括吗？

这样的范文，不用老师教，读读也许还有点意思，老师讲完，做一系列烦人的作业，就像一颗鲜桃，被人揉搓了无数道，变成垃圾了。如果范文本身就不怎么样，这样教下来，就更折磨人。这样的语文教育，无非是把好好的文章，变成若干细分的知识点，然后一点一点地灌给学生，让学生背熟记牢，以后考试，就按这种切碎了的知识点来考，老师教的，就是标准答案，跟着走，踩到点上，就能得高分。

不用说，这样的教学，不会培养学生阅读的兴趣，几年工夫教下来，乖的学生倒是会考试了，不乖的学生，连考试都不会，两者都对阅读失去了兴趣，根本不知道什么叫好的文字，什么叫不好的文字。他们如果还有一点残存的兴趣的话，就只能去追求荒诞怪异而且空洞的穿越、盗墓、玄幻加种马了。

作者博客：http://zhangmingrd.blog.ifeng.com/

（张鸣，中国人民大学政治系教授，博士生导师。著有《武夫治国梦》《乡村社会权力和文化结构的变迁（1903-1953）》等。）

石述思：中国孩子的土豪梦

博文地址：http://blog.ifeng.com/article/32497952.html

2014-04-13 00:00:00 | 浏览 111156 次 | 评论 81 条

理想是 20 世纪 80 年代的时尚词汇。那时正值我的青春。即使后来随着时光的淘洗和生活的挤压，很多曾经的追梦人选择了放弃，回归庸常和平凡的存在，但改革开放最初的浪漫和昂扬依旧是生命中无比珍贵的财富。

今天，在现实的压迫下，理想在相当多人眼中宛如病人的梦呓，更多在校园里的作文题里栖身，而孩子们的理想越来越接地气，甚至背离了最初的定义，沾染了太多世俗的功利，令人大跌眼镜。

媒体最近报道，武汉人民路小学六年级（2）班语文老师高华云，要求大家以"我的理想"为题写作文。一位孩子绘声绘色地描绘着自己的理想："我的理想是当一名富豪，以后可以开名车住豪房。"他的理想引起不少学生的共鸣。

此前，北京爆出这样的新闻，一本小学生留言本有着太多这样的留言："加油！努力！为了人民币！""梦想将来有很多钱"。随后家长和他们的老伙伴们惊呆了，并引发了人们关于孩子心理能否健康成长的担忧。

当下语文课本上围绕理想展开的课文大多是志士在刑场上视死如归、英雄在战场上冲锋陷阵等具有历史烙印和社会正能量的内容，老师希望学生们应该从中感知自己的理想。“土豪”显然与之相悖，也与正在大力倡导的社会主义核心价值观有严重落差。

首先不要盲目责怪孩子。相对于我小时候写作文总是按照主题思想东拼西凑加合理想象写就的高大全作文，这样的真实是巨大进步。而且，在一个多元价值年代，让每个孩子都成为舍己为人、大公无私的英雄也脱离实际。甚至在全民创富的年代，富豪也是社会主义的建设者，只要勤劳致富、阳光致富、勇于肩负社会责任，也一样值得肯定和尊重。

麻烦的是，孩子们神往的不是致富背后的奋斗、对社会就业税收的贡献，而是财富本身，甚至充满对不劳而获、奢侈浮华的向往。结合不断从校园中传出的争当干部的热潮，让人觉得充其量是一个低层次的土豪梦。

课本上的高大上竟然播下龙种，收获跳蚤，令人深思。这说明，在理想价值启蒙中，老师们教授的内容过于简单生硬，重教化轻沟通，很难入脑入心，加上在残酷的应试教育体制下，孩子们都明白，考上北大清华才是老师真正看中的教学目标，而德育、美育、体育都不过是可有可无的点缀。加上现在的校园已非远离尘嚣的净土，部分老师的功利和势利与其在课堂上教授的内容形成巨大反差，无法令孩子信服。

孩子们的功利往往是大人们一面生动的镜子。你无法想象一个在单位中整日溜须拍马的家长能培育出正直无私的孩子，更无法想象一个毫无公德、街头撞倒一个老人望风而逃的家长能培育出活雷锋一般的下一代。

中国当下教育的一个痼疾是重视言传，忽视身教。而现实社会，功利当道，道德滑坡，信仰缺失，成功学泛滥，大官、大腕、大款成为人们骨子里认同的奋斗目标，传统国学的修身齐家治国和现代文明推崇的公民意识、责任担当、公德传承都沦为空洞无力的口号。孩子虽小，但不傻，一定会追随大人们匆忙的步伐，将成为土豪当成理想。

向往金钱权力并不可怕，可怕的是向往的动机。所谓理想，无非是帮助人找到超越金钱权力的追求，进而成为其合格的主人，并推动社会价值的成长。

中国孩子的土豪梦只是太多中国家长未竟土豪梦的继续。但一个人人争当土豪的民族是毫无希望的。在这个角度上，很多孩子已经输在起跑线上，无论他们多么聪明好学、见多识广。

改变孩子，重塑理想的前提是：对中国教育理念和方式进行彻底变革，无论家庭教育、学校教育、社会教育。这是个宏大艰难的系统工程。这需要每个大人从自身做起——为了给孩子树立一个更好的表率，为了给这个国家赢得更体面的未来。

作者博客：http://blog.ifeng.com/2398713.html

（石述思，知名时评人，《工人日报》社会周刊编辑部主任。）

景凯旋：公平是现代社会的压舱石

博文地址：http://blog.ifeng.com/article/33980784.html

2014-09-07 07:46:59 ｜浏览 134478 次｜评论 57 条

随着中国经济发展，人们也渐渐熟悉了“中等收入陷阱”这一术语。有经济学家指出，这一陷阱主要包括收入差距过大、过度城市化、产业升级障碍、资本开放危险，以及随之而来的社会公共服务短缺、就业困难、金融危机等，而其中最大的问题是贫富差距拉大。

经济平等是人类的一个永恒话题，早在两千多年前，孔子就曾告诫“不患寡而患不均，不患贫而患不安”，已经谈及社会财富与公平分配的关系。这些年随着市场经济的发展，有学者认为，孔子主张“均无寡”是强调稳定而忽视发展。当今时代，追求社会稳定的方法首先是快速发展经济，而不是让所有人在低水平上收入平均。

这种看法无疑很有道理，但孔子的话却更具对人性的洞察力，因为“患不均”不仅是指生活水平，其实也是指人类普遍和深层的心理，即对公平的渴求。改革前的平均主义固然是荒谬的，但同时也应当看到，贫富悬殊同样会导致社会不安定，即使这只是一种相对的贫困。正是基于此，社会学家们才发明了一个基尼系数，以此来判断社会分配的公平程度。一般来说，基尼系数高于0.5即可视为严重的贫富不均。

据美国彭博社近日报道，美国密歇根大学即将发布的一项研究报告显示，中国2010年的基尼系数为0.55，已经达到了“严重的”不平等程度，其贫富差距在二十年间扩大了一倍，甚至超过实行自由放任主义经济的美国，跃升为全球贫富差距最大的国家。这一调查也印证了许多中国人的生活感受，在调查排名中，社会不公甚至排在贪腐和失业之前，表明收入差距已成为中国当前严重的社会问题。

不可否认，改革开放三十多年来，中国人的生活水平发生了巨大变化，但同时巨大的收入差距也造成了底层社会极大不满。其社会心理不全是由于平均主义思想的残留影响（尽管有人认为“文革”更公平，但要让这些人回到“文革”，他们未必就真的愿意），而是由于社会财富资源和分配严重不公。很少有人对民营实业家、职业运动员和演艺人士的巨富感到愤怒，便是一个明证。换言之，人们愤怒的不是市场经济，而是权钱交换的市场关系。

这些年中国市场经济产生了奇迹，令世界瞩目，但同时必须承认，这仍是一个不完全的市场经济。其特点是，权力自始至终就与市场紧密相连。说得更明白点，造成社会分配不公的根本原因是权力，不是市场。首先，权力寻租造成腐败和不公，同时把财富资源变成世袭的按爹分配，这一点人们已经谈得够多了，兹不赘论；其次，权力在市场中的僭越与缺位，对市场不该做的它做了，该做的它却又没做。

前者如不合理竞争，当初仓促进行企业改制，将国家或集体财富转移到个人身上（如各地中小煤矿），后来各地圈地搞房地产，崽卖爷田，都是政府操作或者获利，最终获利者几乎都有权力背景，要么

是在权力运作下掠夺全民几

的第一桶金就充满原罪。当这

不公，又自然形成马太效应，

属于全民财产，其高管本应领

待遇，一边领取百万年薪，享

何国家，合理的税制都是实现

关。但在今天的中国，税收实

税起征点低，使得中低收入者

资收入，不征管财产收入，从

而造成收入最高的阶层基本上没交多少税，税负主要由一般的工薪阶层承担。

市场经济需要有竞争，需要有结果的不平等。但如果说自由竞争是社会这艘船前行的引擎，那么公平就是这艘船的压舱石。在社会分配上不能是赢者通吃，否则社会这艘船就会失去平衡，发生倾斜。用美国政治哲学家罗尔斯的话说，这就是“公平的正义”问题。这位反对传统功利主义的西方学者认为，正义是一个社会合作体系里的最高价值，而他所说的正义主要就是指社会合作产生的利益划分方式，因而也可称作是分配正义。

罗尔斯承认社会不平等的合理存在，但这个不平等必须是有控的，符合社会整体的合作发展的。其正义第二原则即认为，对收入和财富的不平等应做如下安排，即人们能合理地指望这种不平等对每个人有利，尤其应当适合于最少受惠者的最大利益。第二原则虽然在排序上次于正义第一原则的自由，但如果受到严重破坏，第一原则的自由也将面临危险。

事实上，世界上发达国家除美国等少数国家外，像北欧诸国、德国、法国和日本等，其贫富差距并不大，多数人普遍没有社会不公的感受。而在当今的中国，尚有许多人未达到温饱生活，其基尼系数却远远超过红线，导致仇富现象时时出现。对此，不应只是让权力退出市场，同时还应发挥政府对社会再分配的调节作用。

这才是一个责任政府该做的事。

作者博客：http://blog.ifeng.com/8999873.html

（景凯旋，南京大学海外教育学院教授。）

社会·民生

丁征宇：一些人为何以欺骗国家为荣

博文地址：http://blog.ifeng.com/article/28588366.html

2013-06-28 23:28:55 | 浏览 194123 次 | 评论 359 条

今天晚上，丁丁从央视的《焦点访谈》节目中看到北京郊区竟然出现大量木棚“种”房子这等稀奇古怪之事。仔细看过之后，原来是开发商为了获得更高的效益，竟然将租来的良田用来盖房子，一方面以种大棚的名义获得国家高额补贴，一方面竟然在大棚内做房子租给城里人。这等于是以国家补贴做成本，租给城里人为利润，真是好处都被开发商得了，只不过干的是坑骗国家的勾当，破坏的是国家良田，肥了的是自己的腰包。

其实，不仅是这些开发商，许多中国人都在干欺骗国家的勾当，上到各部委，中到各级官员、商人，下到老百姓，各个行业、各个层次都有人在欺骗国家，并且以欺骗国家为荣。如审计署在每年的审计报告中，我们能够看到各部委都有这样或那样的问题，要么使用假发票报费用后发福利，要么是把资金挪作他用，要么是骗取国家资金发年终奖金和福利……部分官员更是欺骗国家到了极点，不说别的，从落马官员来看，涉案金额往往触目惊心，令人不敢相信。那些高喊为国为人民服务的官员竟然涉案几百万、几千万到几个亿甚至上十亿，据有关部门统计，2011 年涉案官员平均涉案金额达到 3000 万元，名为贪污受贿，实为欺骗国家。这些例子丁丁懒得去列举了，太多了，列举不过来。再来看看商人，去年中央党校某领导一句话可以概括中国企业发家的真谛，那就是几乎没有一家企业不偷税漏税的，几乎都是靠偷税漏税壮大的，而且制假贩假，几乎是许多企业的共性，这也是当前市场假货、山寨货充斥的根本原因，叫人不相信市场上还有真货可买。我们大家再来看看基层官员，截留国家的各项补贴，冒名领取各种福利，如失业保险、低保金、养老保险、粮补金等等，可以说有些基层官员没有什么补贴不敢截留的，也没有什么福利不敢冒领的。没有做不到，只有想不到，这应该是一部分官员、商人最真实的写照。而一些老百姓同样以欺骗国家为荣，如前几天报道的在拆迁地建假房子，类似这样的事件可以说时有发生。

可以说，从上到下都有一批国人以欺骗国家为荣，而旁观者却说他们有本事，只恨自己没有机会，没有本事。为什么会有这么一批人以欺骗国家为荣呢？其实根本原因只有三个方面：

一是国家是大家的，不骗白不骗。中国人的劣根性在这个方面表现得淋漓尽致，国家是大家的，不骗白不骗，不拿白不拿，把国家当唐僧肉。于是，骗国家者自诩高明；旁观者以为又不是骗自己，睁只眼闭只眼；执法部门也持这样的想法，不是上面下命令，往往不会主动查处。正因如此，行政管理费连年上涨，三公经费连年上涨，贪污腐败越来越多，环境破坏越来越严重，癌症村越来越多，重金属作物到处都是，假冒伪劣产品越来越多……

二是欺骗国家者没有及时受到查处，影响了其他人。这些欺骗者在一定的时候，不但没有受到查处，而且发了大财，升了高官，这种风气就开始蔓延，你欺骗国家，我也欺骗国家，并且开始联手欺骗国家。于是，腐败无人管、环境污染无人管、假冒伪劣无人管……因为大家都有利益在里面，所以现在的贪腐案往往不是一个人在干，而是一伙人在干，都成为一根绳上的蚂蚱。现在，只要查一个小案件，往往会查出一个惊天大案。

三是正义得不到及时的伸张。面对这么多人在欺骗国家，其实也有一部分有正义感的人在伸张正义。但在欺骗国家的那些人编织的关系网里面，这些伸张正义者往往受到打击迫害，污蔑其荣誉，搞臭他，甚至说他们是神经病，让他们失去工作、家庭受到破坏，甚至丢了性命。正义在一个阶段得不到及时伸张，正是因为如此，让许多心存正义感的人不敢多事，甚至同流合污，让欺骗永远欺骗下去。

殊不知，正是因为国家是大家的，如果有一部分人从欺骗国家中获得好处，那受损害的是我们每一个人；如果一部分人分享更多的福利、红利，其他人就会少分福利、红利；如果一部分人在破坏环境、损害商品食品质量，受伤害的是我们每一个人；如果一部分人损害工程质量，受伤害的同样是我们每一个人。以欺骗国家为荣的人，最后是欺骗自己；以爱国为己任，就是爱自己！

作者博客：http://dingzhengyu.blog.ifeng.com/

（丁征宇，知名博主。）

单士兵：孩子你可以做不到

博文地址：http://blog.ifeng.com/article/31013322.html

2013-11-02 16:20:27 | 浏览 108029 次 |评论 406 条

“老师我做不到啊”，这是一个十岁男孩的留言，或者说，是遗言，是控诉。

这名成都五年级的小学生，已经从自家住宅楼上坠落身亡。经初步勘查，疑为跳楼自杀。据说，他在朗读比赛时说话被老师留下体罚，逼写千字检查，或者罚站一小时。这个孩子最终选择跳楼，还在语文课本上写下“老师我做不到，跳楼时我有几次都缩回来了”。

我不愿意听到有人说，这个孩子有多么脆弱，有多么偏执。只要仔细体味他的留言，就一定能感受到，那一刻，他是多么渴望沟通，他又是那么惧怕死亡，但，他更害怕的，却是老师。最后，他在恐惧中绕不出，被逼死了。

“老师逼孩子跳楼”“还我儿来”，孩子家长讨公道的横幅，就挂在涉事学校的门口，背后有清晰的校训，写着“阳光”“自在”。只不过，孩子已用自杀宣称，他曾经活在黑暗里，他在校园不自在。孩子永远回不来了，对家长来说，怎样的补偿与惩罚，也都难称公道。

我知道，即便是所谓公道，也不是轻易就能“讨”来的。曾有太多类似事件，都是面对家长遭受失子之痛，学校和老师找出种种理由推卸责任。那一刻，他们记不得，在语文课本上，还有鲁迅先生的话，叫“杀人者不知道自己一脸血污”。

那么，现在面对“老师我做不到啊”这声绝望的呐喊，到底有谁在为之哭泣、忏悔，又有谁应为之反思、担责？

教师逼死学生，其实也就是“教育杀人”。这些年，校园里不断上演悲剧，总有一些教育行为对孩子的心理和精神进行残忍的扼杀和扭曲。当然，很多时候，教育的伤害表现是隐形的、潜性的，但这些伤害在孩子身上慢慢植入了极其危险的因子。谁也不知道，到底什么会成为压垮他们的最后一根稻草。

最可怕的是，这种“教育杀人”，正在变成一种集体无意识。为了让学生成为分数的囚徒，“听话的教育”被推向极致。特别是教育与家长那根“望子成龙”的敏感神经连接在一起，形成一种普遍的认知，那就是好孩子就是听话的孩子，就是学习成绩好的孩子，就是不敢对教育权力和成人世界说“不”的孩子。

问题是，那些喊着“不让孩子输在起跑线上”的人，根本就不知道起跑线的高度。他们在孩子对面，并不懂得蹲下身子，以平等的姿态去感受孩子的内心世界，因为他们的思维模式，已经掉进了成人化的功利陷阱，变得极其简单粗暴。

于是，才会出现像成都这名小学生因为在集体活动中讲话，就要被罚写千字检查，写不到还让去跳楼的无耻教育行为。这种教育行为，很多时候已经成为常态。比如，让学生写检查的字数要达到多少字，罚抄作业的数量要达到多少遍。这些数字就是野蛮教育的明证，对此，很多学生只能屈从。如果做不到，客气的，是让去叫家长，老师不耐烦时，就是让去跳楼。

龙应台有本书，叫《孩子你慢慢来》，很亲切，很柔软，很沉静。本来，生命成长就是有规律的，就是一个必须等待的过程。遗憾的是，在这个崇尚速度的时代，在这个急功近利的时代，在这个人心浮躁的时代，有太多人把孩子变成了承载自己利益的工具。比如，教育权力是为了政绩，学校老师是为了绩效，家长是为了所谓的前途，他们联合起来，对孩子实施的，根本就不是教育，而是压榨。

现在，面对成人世界太多短视、功利与无知，我特别想喊一声“孩子你可以做不到”。很多事情，孩子你本来就不应该做，本来也应该做不到。你本来就应该活泼，想唱就唱，童言无忌；你本来应该调皮，喜欢捣蛋，天性自由；你本来就应该年幼力弱，扛不起成人世界扔来的生活重量。

希望所有人都能清醒地记住，很多事，孩子真的都可以做不到。

作者博客：http://blog.ifeng.com/5942914.html

（单士兵，媒体人，专栏作者。）

黎明：一天的自由应该值多少钱?

博文地址：http://blog.ifeng.com/article/31428826.html

2013-12-20 09:59:09 | 浏览 28634 次 | 评论 9 条

当什么名人也别当这种:有人因命运悲惨而出名，越是灾难深重，他的名气就越大。

河南省柘城县村民赵作海，就是这样的名人。1999 年，赵作海因同村赵振晌失踪后发现一具无头尸体而被拘留，2002 年商丘中院以故意杀人罪判其死刑，缓刑两年。2010 年 4 月，“死者”突然回村，于是河南高院认定该案系一起错案。已经服刑 11 年的赵作海被无罪释放，接着，他领到了国家赔偿和困难补助金 65 万元。

“苦命名人”也落点好处，他可能被媒体惦记，不知什么时候就跟踪一下。赵作海的状况大概是这样：众叛亲离，再婚娶妻后妻子和儿媳不和，投资经营后血本无归，有家不能回，儿女不来往，租简陋民房住在商丘市，经济拮据，身陷晚年危机的日子，走一步算一步。

无罪释放后，赵作海在当地成了“有钱人”。当地政府用 20 天为他建起了一幢新房，没花他的钱，为儿子举办婚礼后还剩 50 万元。问题是伸手向他借钱的人不好打发，“亲戚也不是亲戚了，邻居也不是邻居了”。听妻子的话误入传销陷阱，15 万元打了水漂。儿子私自取走 14 万元存款，盘下一家小旅社又因什么都不懂赔了两万多。剩下的钱都投在妻子上班的投资公司里，“投资前景”似乎也玄玄乎乎。

他老家的“人文环境”，他身边亲人、邻居的心态，就不必说了，反正到处都被那个只认钱的“普世价值观”统治着，几十万块钱，也不至于让赵作海甩脱他那个赤裸裸认钱的底层圈子。再说，家长里短的事儿，外人确实不好插嘴。对那家吸纳了赵作海的“血泪钱”的投资公司，倒是需要提醒一下:注意点，别把赵作海的钱搞没了，否则，可能多少会有点社会反响。

赵作海在监狱里待久了，心智受创，看不懂社会，“跟不上时代”，出狱后过不成正常人的生活。司法不公造成的冤狱，规定了他的宿命，65万元国家赔偿金，改变不了他青春已逝、无识无能、人生多舛的局面。从赵作海遭遇看国家赔偿，65 万多乎哉？不多也。

自由值多少钱？“不自由，毋宁死。”“生命诚可贵，爱情价更高，若为自由故，两者皆可抛。”这些话，告诉大家自由至上、自由无价，这是极好的真理。不过，对被剥夺了自由的无罪之人，若不讲“自由价格”，那就抽空了自由至上的精神，成了蛮不讲理，夺命灭爱。不得已求其次，对“自由价格”还是要打价，必须争取个适当的价位。当然不能过高，要不，机关一心疼，那就“不自由无价”了。

眼下国家赔偿标准和算法，不搅和让国家感到有些头大的自由问题，国家赔偿金以“劳务费”居多，冤狱中的囚犯，姑且算得上个有精神奖励金的“上班族”。《国家赔偿法》规定 :“侵犯公民人身自由的，每日的赔偿金按照国家上年度职工日平均工资计算。”据官方所称，赵作海的65万赔偿金是这么来的：

以2008年度每天111.99元为基准（在2009年度国家职工日平均工资还没发布的情况下），考虑到国家职工日平均工资逐年递增的情况，参照2008年比2007年递增的比例，估算出2009年的职工日平均工资。赵作海被羁押4019天，最终确定赔偿金数额为50万元。同时考虑赵作海被羁押期间，家庭遭遇变故，目前生活困难，结合最近《国家赔偿法》增加了精神抚慰金的规定（尚未施行），为体现人文关怀，决定给予赵作海生活困难补助款15万元。

这样，合计算出赵作海一天的自由，价码是161.73元。

过去的旧赔偿法，号称“国家不赔法”，狠心赔一次就不错。自由的价格，“随行就市”，一年一个价，越往前赔偿金越少。2008年99.31元；2005年，著名的“佘祥林杀妻”冤案当事人，服刑时间和赵作海一样也是11年，只领了25.69万余元人身侵权赔偿金（另外镇政府给了20万元生活困难补助款）；2001年的“处女卖淫案”，对当事人麻旦旦两天被限制自由的赔偿为74元，一天37元。

看趋势，在终能洗冤的前提下，我们大家的冤狱若在今后发生会对个人合算一些，因为社会在进步，收入在增加，可能越往后国家赔偿越多。今年5月份赔偿的浙江“张氏叔侄强奸杀人案”就高了么，张辉、张高平各得110万余元。他们被限制人身自由3596天，一天的自由值305.9元。

国家赔偿多少才合适，看权威媒体的意见也没准，对外对内肯定不是一个标准。2004年7月，中国人赵燕在美国被国土安全部警员打了，而后索赔500万美元。我们的《人民日报》报道说，联合国高级官员和外国专家，都说索赔额度一点都不高。

最高人民检察院有关人士曾指出，（上年度职工平均工资）只是为人身自由损害赔偿确定一个明确的计算标准，并不是说公民一天的自由就值这么多钱。我看，还是把冤狱当成一劳动力上班挣钱算了，只要改成一天收入三个班的工资，理就能说圆满。职工上 8 小时的班，比起冤狱的人只能算个业余上班的，冤狱的人 24 小时都不脱岗，让他挣三份钱，这就体现了社会主义按劳分配、多劳多得的分配原则。

另外我还有个建设性意见：国家赔偿，不能光说“金”而不管其他，保障人权，对人家融入社会的条件，也该提供必要的保障。他缺乏社会适应能力也是司法不公造成的，国家不能保障他今后一帆风顺，但至少需要评估一下他的学习与适应能力，给他一定的技术指导。要是再进一步，研究一下再加几条“保护条款”，那就更好了。

作者博客：http://blog.ifeng.com/912063.html

（黎明，知名网络评论员。）

秦前红：我所了解的农村

博文地址：http://blog.ifeng.com/article/31772651.html

2014-02-05 09:41:42 | 浏览 476249 次 | 评论 157 条

使用这样一个题目并非随心所欲的,它的确是深思熟虑后的选择。其意在说明文中所述及的农村，或者接近农村的某些真实，或者只是充满了我一己之见的影像，或者游离于真实与虚妄之间。我曾经自以为很了解、很熟悉农村，这份自信来源于：我出生在农村，在农村生活过十六年之久直到考上大学离开当地；我在农村有很多熟悉的父老乡亲，经常和他们保持各种各样的联系；我每年至少回到农村老家几天，有亲临其境感知农村的机会；我每年还指导若干本科生、研究生关于农村问题的社会调查……这样的理由还可以列举甚多。但今年春节回到农村经历的一件小事，却几乎完全颠覆了我的此份自信，使我觉得当下的农村其实是我熟悉而又陌生的地方。我在与一位乡亲聊天时问他觉得日子过得怎么样，他说现在村里给每位年满六十的老人每月 55 元钱养老补助，看病有新农村合作医疗，言毕他表现出一份满足感。此情此景给我极大的震撼，在货币不断贬值的年代，55 元钱不够城里人买包烟、吃顿饭或者打个的，55 元钱也不够城里人看一部进口大片，但它却让农民充满了对政府的感激。农民的要求原来却是如此的质朴与简单，除非把农民逼得无路可走，他们绝大多数都安于现状、乐于现状。为了证实上述我的判断，我将此事写进了新浪微博里，短短的一天内有接近 16 万人浏览，160 多次转发，50 多条评论，并且 98% 以上的网民赞成我的看法，有很多人还具体补充了意见。

由于专业背景和认知的局限，我过去习惯于用平等、正义、权利、民主等这些专业的词汇来看待农民、农村问题，并想当然地认为自己呼吸之间都是农民问题意识，现在看来只不过是傲慢的自负而已。在流动的事实与变化的农村世界面前，我有着太多的隔膜和无知。如果不勤于观察和研究，并辅以正确的方法，曾经的经历和印象积淀也会流于苍白。

当下中国农村已经形形色色，难以用一种叙事范式去容纳全部。有高度发达的农村，也有千年不变的传统农村；有田园牧歌、菜园篱落短、炊烟袅袅的农村，也有浓烟飘拂、机器轰鸣、大厦林立的农村……借用一句经典的哲学话语来说，对农村其实需要具体问题具体分析。本文所叙述的农村，地处江汉平原，位于整个中国的中部地区，其所代表的时际特征就是传统农业问题与现代工业浪潮的交锋、竞逐与博弈，由此而造成具有典型意义的转型农村问题。以我春节两天在老家农村的了解和观察，农村所面临的最大问题并不是生活无依问题，只要有土地和最基本的养老、医疗保障，农民就会有很大的满足感。环境破坏、社会治安恶化、土地被不公平征用、乡镇干部的腐化等才是农民担心忧虑的问题。

环境恶化、生态蜕变。湖北历史上是千湖之省，江汉平原更是鱼米之乡。我的老家仙桃过去在地理上属于大排湖、大洪湖、大沙湖等交汇区，并与鄱阳湖、洞庭湖相接，与汉水、荆水相连。元末明初陈友谅与朱元璋争天下，就依靠一支水军，神出鬼没，纵横长江两湖流域。电影《洪湖赤卫队》主题曲所描绘的“四处野鸭和菱藕，秋收满帆稻谷香，早上出去去撒网，晚上回来鱼满舱”并无文学的夸张，它不过是我童年生活场景的真实描绘。60年代、70年代在江汉平原出生的人，从小与水为伴，以水为戏，但如今这些都成为消逝的远景。更为可悲的是，随着工业化的推进和农药的滥用，许多湖泊、沟塘不是被填满就是被污染，偌大的江汉平原，竟找不到几片净水。成千上万吃不到自来水的农民，已无法使用地表水作为饮用水，只好自己打井饮用井水。近十多年来，江汉平原各县市争相兴办化工厂，每一个化工厂的选址都采取以邻为壑的方式，即在自己水域的下游相邻县市水域的上游作为厂址所在地，甚至有不良企业为了节约成本而丧尽天良地大规模污染地下水。近年来，随着东部发达地区的产业转型，利税相对较高的化工产业成为江汉平原争先恐后争夺的“香饽饽”，官员异地任职等体制机制弊端更加剧了短视当下罔顾未来的功利主义行为。江汉平原某县级市因兴办化工厂，已经出现过癌症村等严重生态灾难。因此，如不及时采取有效措施，新一轮环境浩劫在所难免。

乡村社会的破败。有不少学者曾用“社会的溃败”来指涉当下农村的问题。我个人觉得也许用“破败”来描绘更能接近事实。“溃败”只是社会组织机理层面的，而“破败”还包括了许多外在的萧条与冷落。祖土、祖坟、祖屋是最能寄托故乡之情的表征，家庭是中国生活意义的宗教。许多游子之所以千里迢迢奔赴故乡，也是因为这些让他们神牵梦绕。工业化、城市化让很多人的灵魂失去安息之地，而变成孤魂野鬼。许多因生活所逼出走农村或为城市生活所吸引的农民既离乡又离土，任由祖屋破败下去。而另一部分出去挣钱后则回来建屋娶妻生子，这样便在农村很多地区形成一种新旧交织、贫富对立的奇特景观。清末以前,对农村袭用了皇权不下县、交由乡绅自治的治理之道。清末新政废除科举，造成历史学家傅斯年所说的清末以后无乡绅的状况。民国时期有所谓地方自治的试验，但此种地方自治一方面依赖政治高权的自上而下推行，另一方面当时的政治统治又不具一统天下的实力，从某种意义上说，当时所谓的地方自治只是政治统治力所不逮之下的治理放任，绝大多数地方并不具备地方自治的精义。中国共产党取得天下后，通过将支部建立在连上、建立在基层完成了对国家的全面实质统治，又通过行政吸纳社会的方式分化瓦解了一切可能挑战体制的力量。高度的计划经济造成城乡二元严重分割的局面，因此在改革开放以前农村地区的社会整合主要依赖于行政动员和血缘纽带。近十年来，随着农业税的取消、计划生育政策的调整，人口的高频度流动，农村精英的大规模出走，农村适龄教育人口的急剧减少，等等，导致乡镇行政功能不断限缩，从而导致乡镇行政控制能力的下降。经济发达、财力雄厚一点的乡镇，还可能使用利益诱导的手段，而传统的农业乡镇则只能不断让渡管制空间。维系农村社会的纽带变成以血缘、家族势力为主，很多地方恶势力和乡村混混乘虚而入。意识形态的祛魅化导致宗教信仰包括基督教、佛教等在农村的大面积复活或者推广，官方宗教政策的僵滞导致农村宗教势力既解构了对政治共同体的忠诚，同时因缺乏法治规范形成宗教势力的鱼龙混杂也是潜在的对政治稳定的重大威胁。一度如火如荼开展的基层民主选举试验，由于青壮年和知识精英出走导致的农村空巢化，使得这种民主作为治理手段名不副实，也由于恶势力、腐败势力对资源和利益的无规则把控削弱了农民的政治认同，还由于真正的基层民主意味着执政党和政府管制的淡出而使得他们心存疑虑。在旧的治理方式不断式微，新的可替代的治理方式暂未大规模可复制性出现时，农村治理能力、治理制度的现代化就是一个亟待破解的重大课题。原子式的农民个人一方面保持高度现世主义态度，平稳安逸是其基本生活诉求，但另一方面若有极端事件的刺激比如土地征用、房屋拆迁或者恶性环保事件、重大治安事件，则又会造成以家族、村落或者会众为名义的群体聚集，诱发重大维稳事件。

乡村干部腐败。乡村是整个官僚体制的末梢，乡村干部的腐败既直接侵犯农民的利益，又让农民感同身受。中国农民对其他层面的腐败往往抱持一种观望好奇的态度，而对关涉自己直接利益的腐败往往痛之切之。当下农村干部的腐败主要表现为多吃多占，擅自处分集体资产，在公共工程建设中自私而肥，自己或亲信强占或廉价占有集体资源经营牟利……其中最为可恶的是随意撕毁土地承包合同，私自进行不法土地流转，损害农民最基本的生存权益。对乡村干部的腐败过去主要依赖运动式整风、思想教化或者农民上访告状等途径来处理，法治框架下的处理则面临制度供给不足、效率低下的缺失。历史上维持乡村熟人社会有序运转的乡绅公共精神后被摧毁殆尽，接二连三的政治运动使得暴戾、投机之气充盈乡村。市场经济大潮的裹挟，则再度撕下乡村温情脉脉的面纱，使得人与人之间关系日趋功利化、庸俗化。如何直面上述弊端，实现乡村社会的重建是一个已经展开而未有穷期的课题。

作者博客：http://blog.ifeng.com/8324606.html

（秦前红，武汉大学法学院教授，博士生导师。）

石扉客：一个乡土中国的真实样本

博文地址：http://blog.ifeng.com/article/31789651.html

2014-02-08 21:48:16 | 浏览 143807 次 | 评论 32 条

我的故乡浏阳，地处湘东北一隅。20 世纪 80 年代以前隶属湘潭地区，乃传统的烟花产区，有花炮之乡的美名，同时又戴着革命老区和国家贫困县的双重帽子。90 年代以后，借经济飞速发展的大潮，浏阳摘掉穷帽子，撤县设市，城区规模迅速扩大，人口膨胀到一百四五十万。319 国道拉直以后，黄花机场几乎成为在长沙市和浏阳城之间的中点。借此便利交通与经济起飞之双重辅助，浏阳跃居全国百强县之列，骎骎然已经成为中部崛起的县域经济样板之一。

每次返乡，我都会深深感受到，这个样板里不断沦陷与从未得到过的，正如它已经取得的荣光和还在酝酿着的梦想一样，让人赞叹，又让人叹息。

城市化与向心力

在浏阳，似乎汽油不要钱，又似乎汽车不要钱。大街小巷都是车流。

汽车的密集程度，总会让人怀疑浏阳市民是否已经人手一辆车。除非不得已，我很不情愿在浏阳县城开车，盖因车辆行驶秩序的毫无章法，停车的难度已经和上海内环城区不相上下。而市区中心地段的拥挤程度，肉眼看，我相信已在上海之上。

尽管和富饶的东部城市还很难比较，但宝马、奔驰之类的豪车，在浏阳街头已经十分普遍。豪车的密集程度，已经成为财富在这个县城里物质化流动具备充足代表性的具象。

在这个具象之下，一部分是这座城市税源稳定的工商业活力，另一部分能触摸到的，则是这个县城折射出来的十足笃定，这种笃定由以公务员和事业单位职工为主体的主流社会所释放出来的向心力构成。

四五年前的《南方周末》曾经在岁末的一篇报道里，以《一个县城公务员的幸福生活》为题，以浏阳县城一个公务员家庭为例描写过这类快活日子：公车公款等几乎无须个人开支的日常消费，稳定的薪资、可观的奖金，彼此错综复杂又紧密联系的县城人际脉络，凡事都能找得到熟门熟路熟人的舒适与惬意。

河南作家刘庆邦在小说《神木》里，曾经描述过从外地回来的村民，无论混得多牛逼，一到村支书家里就会收摄心神，敬畏感不由自主而生。社会学家曹锦清在《黄河边上的中国》一书中也有类似描述。

我理解这和浏阳这种笃定与向心力一样，不知道是否可用金观涛在二十多年前所说的超稳定结构来解释。但我相信，这种现实生活中的超稳定结构社会，与微博上危机四伏的千疮百孔社会一样，都是两个真实的中国。

新农村与审美缺陷

浏阳县城以外，传统上分东西南北四乡，各有特色和特产。如胡耀邦先生所在的南乡以出产花炮为主，西乡出花木，东乡历史上出产夏布。我家搬进浏阳县城前，所在地乃北乡，则无所特产，故有耕读传统。浏阳北乡也是王震将军和网络上屡得恶名的北大“笑长”周其凤先生的老家。

北乡和浏阳县城之间横亘着一座高山，名焦溪岭。

这个地理上的分界线仿佛也是城乡社会的分界线，焦溪岭以北的浏阳北乡，在经济水准与社会发育程度上，很明显比焦溪岭以南的县城要低一个水准。

车辆就是最典型的代表。

出城之后，车子照旧多，但豪车已渐少，好车多挂城区和长沙市牌照。最常见的是各种经济实用型车，目测结果是吉利、奇瑞和比亚迪在农村家用车市场三分天下。中国的国产车永远是低端与低档的代名词，忝为全球第二大经济体，这真是个令人悲伤的现实。

比车辆更典型的是建筑。这十来年间，浏阳传统民居建筑形态里最早的土筑屋早已经消失殆尽了，而土砖屋也已经极少见到，遍地都是红砖屋。这种钢筋水泥结构的红砖建筑，不是江南民居里常见的白墙青瓦，也不是欧美的别墅结构，应该是这二十年来最丑陋的一种建筑。

有时车行在山清水秀的地方，突然会转出一栋极其怪异的建筑，其形其状唯有灵屋可比。灵屋者，吾乡办丧事时烧给死者阴间居住的纸扎建筑也。

这种完全失控的局面，我想任何一位有想法的建筑设计师，都一定会大摇其头。

比这种建筑学上的审美更糟糕的是，几乎所有的房子都一窝蜂地扎根在马路边。国道上繁忙的车流永不停息地制造的噪声与灰尘，一点都不浪费地被这些盘踞在公路两边的建筑物们吸收掉。我相信我的乡邻们也非常清楚这种生活未必舒服，但我几乎没有听到怨言。相反，每个准备盖新居的人，依旧兴致勃勃地继续在公路边扎堆。

尽管包括我大姐家的建筑在内，开在马路边的这些商店生意总是清淡得让人怀疑随时可以关门，我想这种选址仍然是为种种可能存在的经商便利而预备着的。

我经常在想，这应该也是一种长期形成的反向选择惯性。如过去物资匮乏时期的长期煎熬，什么都要抢要争，导致现在大家都不习惯排队，都喜欢一窝蜂，生怕落在后面就会错过什么；上飞机也是如此。再比如过去交通极其不便，大家住的地方都崎岖偏僻，山头弯角犄角旮旯什么的；到现在有机会拆了重新盖房子，总希望盖到交通越方便的地方越好，最好汽车能一直开到厅堂里。

当然，另一个非常重要的因素，自然是新农村建设的所谓统一规划。

这个规划在民居和建筑上，丝毫没有看到在审美上的任何设计。相信这一定会成为这个时代的大败笔之一。不用说和欧美那些如诗如画的小镇比较，即便和我到过的国外一些算得上偏僻的小镇相比，也不得不承认这是一个丑陋与恶俗的规划。

国土整理

与之相比，值得称道的是乡村公路硬化工程和国土整理工程。村村基本都是水泥公路，交通已有极大改善。

而前几年已经完成的国土整理使得农业机械化终于在中国南方水田里得以初步实现。

王小波曾在一篇杂文里感叹在山东姥姥家里挑粪上山的繁重农活，殊不知在南方农村，水田里的农活之繁重是北方旱地的数倍。繁重的农活特别是“双抢”（为赶节气，在炎热的夏天抢收割早稻和抢插晚稻秧苗，谓之“双抢”），是我青少年时的噩梦。最可怕的是，中学历史课本上的一两千年前的农具插图，和那时我们使用的几无二致。

这种悲观与绝望感，使得那时我最爱听的歌居然是《我的故乡并不美》，那些歌词现在仍然记忆犹新：我的故乡并不美啊，低矮的草房苦涩的井水。男人为你累弯了腰啊，女人为你锁愁眉……后来有机会出国，更是郁闷。同样是种地，莱茵河边的德国小镇吕德斯海姆就能把种葡萄这种事情拾掇得让人流连忘返，以色列人就能在沙漠地的恶劣环境里愣是整出繁花似锦。

我父亲告诉我，国土整理工作完成后，田亩基本都已规整，现在耕地、播种和收割基本都已经实现机械化，中耕则用除草剂代替，只有插秧因为技术问题尚难以得到彻底解决，于是人们就用抛秧来代替。我的一位小学同学现在已是操作联合收割机承包了数百亩良田的种田大户。与之同时解放的，还有自此退出历史舞台的耕牛。

我的女儿将来恐怕很难再读懂史铁生的《我的遥远的清平湾》，更会对韩少功的《马桥词典》描绘的农耕生活隔膜得很。

但无论如何，这种千百年来传统的人力与畜力相结合的耕地播种插秧收割等原始技术终于让位给现代科技，而这个变化在我有生之年也居然看到了。这是我这几年每次返乡最开心的地方。

那么,从繁重体力劳动中解脱出来的这些劳动力,又在做什么呢?

麻将馆

十几年前看长沙本土作家何顿的《我们像葵花》，里面写到一群上山下乡的屌丝知青群体，在回城多年以后再聚，发现其中混得最好的，居然是一个在路边店里摆了两张桌球台子的家伙。路边的桌球台子，是 20 世纪 90 年代乡村及小城镇的经典娱乐工具。而之后十年的乡村景象，其实也无二致，只是桌球台子变成了麻将桌子。

很难用语言来形容麻将对于乡村的意义。在回乡的日子里，我看到打工回来的年轻人吆喝着通押二十；我看到夫妻将孩子丢在家里，分头打麻将深夜不归；我看到婆婆老头子怀抱、手牵好几个孩子流连在麻将馆等着摸一把“转转麻将”（最近几年流行的湖南麻将打法，每次和牌者必须让给围观者上桌，赢家轮流转）。总之除了我父亲他们那辈人之外，几乎没有人能免于麻将的凝聚力。

前几年流行的三打哈、扳坨子、买码等中国农村业余活动里，其他几种都已经逐渐式微，唯有麻将持续至今。这也是一种非常有意思的现象，很值得民俗或人类学专家来研究。

无意对这种现象来进行道德臧否。只能说麻将已经成为一种生活方式，在浏阳是如此，在湖南、四川、江西等都是如此。事实上我每次回乡，和亲友们的娱乐方式，也主要是麻将。

不打麻将，你还能干什么呢？教堂、图书馆等公共空间或阙如，或僵化；信仰等精神空间或阙如，或逼仄。何以解忧？唯有麻将。这是娱乐，是消遣，也是社交，是应酬，是一种用“二五八”、“起手和”、“大开放”等密码包装起来的公共话语。

这自然也是个信息交流平台。

和麻将桌边的乡邻们聊天，精壮劳力还留在本地种田的已经极少。出路大致是以下几种：类似富士康的兰斯科技等浏阳本土劳动密集型企业消化一部分，去广东等地打工的一部分，还有一种很经典的技术工种叫打井。此种打井，非打饮水井，而是到基建工地挖各种基建基脚。这种有时往往要深达数十米的基脚井，既有一定技术含量，也必须高度依赖人工。

我姐夫告诉我，乡邻们一般是先按深度米数来承包，一米多少钱。然后一人在地底下手工或操作风锄挖掘，另一人守在井口摇动轱辘吊出泥土。这种工程因风险高，所以多是夫妻结伴，分工合作。有发财的，也有出事丧命的，更多的是长期地下潮湿环境作业留下风湿等后遗症的。除了留守儿童问题外，劳动保护阙如的后遗症一直是这种劳务留下的阴影。十多年前我那批在郴州等地挖钨矿的小学同学，现在已有不少在严重的硅肺病里苟延人生。乡邻们描述的这个景象，让我不由自主地再次想起刘庆邦的《神木》，这篇小说后来被改编成电影《盲井》，心情无法轻松。

值得一提的是，南乡等地的煤矿以及花炮企业的劳动密集型岗位，现在本地劳动力已经很少，多是从贵州、四川等地过来的打工者。这个古老国家东中西部地区差异以及产业轮替转移的大趋势，在浏阳这个地方足可管窥。

花炮

我老家所在的北乡并不是浏阳花炮主产区，但花炮乃浏阳的经济命脉所系，这个花炮之乡的财政收入三分之一以上系出烟花鞭炮产业。自长沙驱车往东，从319国道隧道出来进入浏阳城区，即可见花炮广场、花炮女神雕塑等。花炮和浏阳的关系可见一斑。

就在我返乡的这次2012年岁末，浏阳花炮产业遭遇了重大危机。

“八项规定”肇始的节约运动，河南塌桥事件，席卷华北大地的雾霾危机，三个不期而至的因素叠加在一起，对2012年的浏阳花炮造成相当不小的影响。

这三个因素里，节约运动首当其冲。我的一位高中同学告诉我，就他所在的公司了解的情况，2013年春节前后，浏阳花炮企业本已经拿下的省内外200多场大型焰火晚会的订单均被取消。

河南塌桥事件事发时正值花炮购销两旺的年底。尽管出事花炮出自陕西蒲城，和浏阳毫无关系。故乡的朋友们仍然非常紧张，生怕殃及浏阳烟花产业。腾讯微博等处，我时不时能看到他们与其他网友的争论，唇枪舌剑间硝烟四起，火药味比浏阳花炮还要重。对错不论，其焦灼心情可见一斑。

要命的是，对浏阳来说，这些危机都很难预料，每隔一段时间就会毫无来由地冒出来。比如三年前的央视大火，浏阳花炮就没那么幸运，直接牵扯到其中；再比如十多年前的萍乡烟花爆炸事件，城门失火，殃及浏阳花炮这条池鱼。

每每说到花炮这个问题，我的心情亦非常复杂。忝为花炮之乡的人，我完全不懂花炮，也谈不上特别喜欢花炮。以往每到春节，浏阳城区就会打起鞭炮大战，自除夕起一直到正月十五以后才会消停，这种情形甚至让我有几分厌恶。烟花绽放时的一刹那间的璀璨，璀璨之后的归于沉寂，就像樱花和昙花，或会让人有审美上的快感。但与之同时与影随行的巨大响声与巨量烟雾，这种侵略性又会让我觉得厌烦。私心里想，如果烟花永在远方绽放，我能远观其美丽，却不会被侵犯与影响该多好。这两年好了很多，至少春节里的浏阳城区，很明显比以前清静。

我想前述三个原因里，其实雾霾的影响将远比另外两个严重。盖因所谓节约新政不知会持续多久，而突发事件的影响也相当有限，唯有环保问题将直指花炮产业的要害。这次雾霾事件和花炮产业固然无直接联系，但花炮生产与燃放过程中的环境污染问题毫无疑问与低碳节能的环保政策相悖。相信未来的环境形势会越来越严峻，而花炮被当作疏导社会情绪的替罪羊，当作产业政策升级调整的抓手的前景，几可逆料。

年前在日本访问时，在新年里参观富士山下的箱根神社。这种神社供奉着当地的保护神，类似本土城隍庙。我看到当地民众排着长队拜神，无论男女老少，排到后都只是伸手拉一下殿前象征吉祥平安的幸运绳，然后低头合十祈祷，鞠躬而去。同是祠庙，同是祈福，相较国内庙宇的烟火缭绕，我喜欢这种安静与内敛，真希望这种祈福方式，能慢慢被我的故乡，被祖国大陆所感染与学习。

但移风易俗谈何容易。吾土吾民，生于斯长于斯，生活习惯与审美文化，早已经浸润到血液里去了。十几年前北京等一线大城市曾经出台禁燃措施，而后无疾而终。我所居住的上海，无论中环内环，鞭炮烟花也未加禁止。每到正月初五的凌晨，接财神的陋习之下，更是鞭炮烟花一齐炸响，仿佛“一·二八”淞沪保卫战重现，又仿佛倘一家敢不放炮，到初六就得破产。

所以浏阳花炮，剩下的靠谱出路，其实就是着眼于长远的技术革新与产业升级改造了。同学说，冷光烟花、微烟和无烟烟花现在都已经出现，只是成本还有点居高不下。我的一位专事花炮生意的企业家朋友，江湖人称“炮王”的贺建武说，他正在组织研究，希望开发出一些类似适合家庭室内燃放的小型无烟焰火产品，彻底解决环保问题，把烟花从焰火晚会这种宏大叙事逐渐演变成个人化的家庭型日用消费品。

听同学说，浏阳的烟花技术其实最早来自日本。而日本现在一些企业，逐渐把烟花当作某种奢侈品在生产，比如纯手工制作的巨型烟花，技术含量高，生产规模小，每年只生产极少产品。这种高端的奢侈品定位，类似于豪车行业的劳斯莱斯。

我想，无论是家庭型的环保消费品，还是高端奢侈品，或者都可以学习和尝试。

吏治

即便以我这种媒体人的苛刻眼光来看，平心而论，浏阳各级官吏的管治水准，应至少可排到中等以上水准。

如果把浏阳吏治看作一个具体的人，这个人无疑是高效的。

很惭愧，作为一个浏阳人，对于已经膨胀了无数倍的浏阳城区，我现在已经是一个十足的路盲。和我所熟悉的华北东北平原诸多十来年里几乎像同一张照片的县城相比，这座城市几乎每一分钟都在变化，都在向四周急遽拓展。

这个人也是相当有眼光的。

前述花炮产品的危机，他早已看到并有应对。同学说，现在浏阳的产业已经开始形成三三制的布局，生物医药等工业园区将会逐渐取代花炮等传统产业。东部产业转移的机会，自然未被这个精明的人错过。工业园区和产业园区一夜之间崛起，兰斯科技等自沿海内迁的大型企业成为浏阳消化本地劳动力的重要战场。

这个人还是务实与狡黠的。

前文所述城区膨胀以及车辆剧增所带来的交通问题，相信绝非浏阳一城一地的问题。盖因公务员和事业单位等核心阶层，家境殷实的工商阶层，基本都已高度依赖公车和私车，普通市民阶层的公共交通如何解决，向来是县城的顽症。这次返乡，我看到浏阳在尝试公共自行车试点。这应是对症下药的正道。目力所及，全国范围内似乎只有杭州等不多的城市在这样做。

与此同时，浏阳也还有自己铁锁锁车对付违章停车的土政策。这显然是个不能上桌面的粗鲁政策，如果你想尝试用物权法和程序正义来抗辩，那就像是一个书生气十足的笑话。往往是这种粗鲁的土政策，直接而有效。而中国语境下的体制内官民等诸人，也往往喜欢并习惯于这种类似的铁腕政策。从仇和、王立军等官僚的行事风格来看，基本也是如此。

这个人也不能说没有一点点勇气。

十年前我服务过的《21世纪环球》报道，曾经以大篇幅报道过浏阳的政务改革；五六年前，浏阳曾经出台过新任官员的财产公示制度，迄今仍然是含江苏沭阳、浙江慈溪、新疆阿勒泰等地在内国内少数几家试水财产公示的县市。浏阳“有限公开”的做法，尽管依循的是新人新政策老人老政策的保守原则，勇气依然可嘉。

最后需要说的是，在我所关心的负面新闻上，这个人有着非常靠谱的直觉与相对准确的判断。

危机公关之迅疾高效，和我所熟悉的中部西部诸多颟顸笨拙的县级市政权来比较，不可同日而语。触角灵敏，反应迅捷，资源到位，善后亦无懈可击。多年前我曾听一位官员跟我讲述一次涉及浏阳上市公司负面新闻的应对，讲他如何漏夜进京，如何直闯台长办公室，如何成功铲掉片子等。不评及事实本身的对错，也不论这种做法的合理与否，纯从技术角度上来看，这个人身段柔软，技法纯熟，跌宕起伏，叹为观止。

我常常想，如果把浏阳的宣传部长放在中宣部长的位置上，那么市场化媒体人真得打起十二分精神来应对。

如果要总结一下，一个眼界开阔、反应灵敏、行动高效、身段柔软、高度务实的政府，与一个中西部地区不少颟顸蠢笨，不知所云的政府来比较，前者多少还是要值得期许一些。但一个无所不能的政府，又总归会有隐忧。

隐忧在哪里？在它过于务实的实用主义。在它急于求成甚至过于自信的无所不能。能看出效果的它才会做，一时半会儿看不到的，它没有动力做。在于它重物质层面，轻精神层面。比如谭嗣同墓在距城区几十公里外的牛石乡，一路几乎没有任何路牌指引。也许浏阳的管理者认为，在不少青年人心里十分看重的谭墓，远不如城区的“大夫第”含金量高。在于它重立竿见影，轻日积月累。如城市软硬件的精细化管理方面，和平江等相邻区县比或较发达，距发达地区仍有不小距离。

浏阳梦

写到这里的时候，想起十年前的天涯社区关天茶社，以前成都大学教师王怡那篇名文肇始，我的朋友们纷纷撰写同题作文《每个人的故乡都在沦陷》。环境污染，大规模拆迁，官吏横行不法，乡村凋敝，民风不古等城市化过程中的诸多问题，各地大同小异。这个“每个人的故乡都在沦陷”系列，正是这种情况的真实描摹。我的故乡浏阳，自然也不会例外。浏阳飞速扩张的发展速度，不可能永远持续。当步伐慢下来的时候，问题或许会暴露更多，解决的迫切程度也会急遽提升。

故乡电视台来电采访，问我上篇提到的“浏阳正在酝酿着的梦想”是什么？我说，我的理解是，这座城市或许已有不错的基础，但还应有可以期许的未来。未来的浏阳，不应当只是中部崛起的县域经济样板，还应当是城市的软件与硬件都能进行精细化管理的宜居小城市样板。像欧美的一些中小城市一样，规模不要大，市容干净，环境清静，有秩序，有法治，同时又有活力，有梦想；文化开放多元，气氛包容宽松，让人活得自在，住得舒服，做事踏实而细致，心态平和而从容；无论城乡，无论官民，人们彼此可以信任，不像陈丹青说的那样长着一副经常被人欺负的脸或者总想欺负人的脸，也没有暴发户的神采，没有穷怕了的猴急；不需要总想着去北上广这样的地方，也不需要总想着移民去国外，子子孙孙世世代代就在这块土地上幸福生活，快乐繁衍。

我觉得这才是浏阳自己的价值观。

这是我的浏阳梦。

石扉客

2013 年 2 月 21 日星期四，韶关乳源

作者博客：http://blog.ifeng.com/1146724.html

（石扉客，资深媒体人，曾任《南都周刊》编委、《博客天下》主编，兼任中国人民大学新闻学院业界导师，华东政法大学法制新闻研究中心研究员。）

石咏琦：北京饭局背后

博文地址：http://blog.ifeng.com/article/31974688.html

2014-03-02 18:33:09 | 浏览 185497 次 | 评论 12 条

林总放下手上的电话，笑呵呵地对一旁的小秘说：告诉我老婆今天晚上有个“局”，不回去吃饭了。小秘嗲声嗲气地问，在哪儿办呀？可不可以带上我？林总故装神秘地说，在一个会馆，你没去过的。停了几秒，又瞅了她一眼说，想去还不赶快去换件衣服。小秘欢天喜地地换上一套绝对露胸线的晚装，挎着林总的手腕就往外头飞去。

纵横两岸商场这么多年，林总心知肚明，今天的会馆来的可不是等闲人。这个会馆，位于鸟巢附近的一个水岸边，可以说是“林深不知处”。来电邀他的是熟人，但是不告诉他到底有哪些人。这进一步加深了他的猜想，晚上肯定有大腕儿级别的人物出场。为了给自己添子弹，带着年轻貌美、能言善道，又会见风转舵，并且从不酒后失态的小秘，可以说是再合适不过了。

北京的“局”，绝对不会是没事来找人吃个闲饭，被电召的，最差也是个陪客。而且，主人还不一定是付账的人。经常是主人有事才组这个“局”，或者他要宴请什么人，然后找一个人来埋单。埋单的多半是商人，主人也许是“单位”里的官员，也许只是出个头。“局”外人很难有机会进到“局”里头，就连女眷进去，也会被认清楚：您，是跟着哪个头家来的？

有一本《北京饭局》描写北京人晚上吃饭的这一套饭局：在东边的叫作“东局”，西边的叫作“西局”。这里面还分“男局”和“女局”，当然也少不了粉味儿的。

“饭局”的地点不重要，吃完饭谁也不记得了。不过，有哪些人参加才重要，所以接到电话，只要问一句“有哪些人”，下一句就是：把地点发过来。然后，按照简讯到时候去就对了。到了现场，自然明白今天这个局是怎么回事。

最近“上面”抓得严，北京的会馆多半呈半歇业状态。“三公”经费一旦没了影儿，公款吃喝就得收敛许多。然而，熟门熟路的吃客，照样找得到该去的地方，什么艺术家画廊、古典音乐厅、养生先贤馆，还有很多高档的境外商人常去的会所，那不都还是灯红酒绿地继续经营。有门道的人，只要看看会所前面停的是哪个字头车牌的轿车，就能八九不离十地猜出：今天晚上来的是哪些武林高手或者绿林大汉。

无论什么“局”，北京的宴席上都一定会有“官员”，哪怕是个“装家”（装成是个官员，事实上只是个大单位里的芝麻官），主人也会很盛情地请来说说大话。宴席上还有很多“托儿”专门说自己有多大能耐，有事请托都靠他们，其实就是白手套。“局”上也许还有些女的，这些人有的是家属、秘书助理，还有的是来认“干爹”的。

北京饭局上很少有人交换名片，就算是交换，那张名片也不太管用，除非彼此将来有利用价值（所谓的项目合作），名片都只是虚晃一招而已。当然，真正的老友相聚不在此列，那也完全不必交换名片。或者，大家谈得好，对方说忘了带名片，就给你用张小纸片写个手机号码，也别当真。等明天酒醒了打过去，也许对方就不认得你，或者电话根本就不对。

2013 年 2 月 26 日，《北京晚报》曾引用检察机关司法人员的话说，隐秘性和缺乏监管使各类会所成为腐败的高发场所，与会所相关的腐败已成为一种新型腐败方式。这篇名为《揭秘北京会所》的专文还描述：这里有的是以鸡尾酒杯盛装的紫藤、蔬菜和鱼子沙拉开场，佐以剔透水晶盘里漂着紫藤花瓣的乌鱼蛋羹，接着是慈禧老佛爷常吃的紫藤花绣球、鳕鱼狮子头，以及她最爱的那道用鸡蓉吊高汤而成的毫无油腻的开水白菜，主食辅以当年隆裕皇后唤回光绪皇帝之心的光绪小米粥。

价钱呢？入会费是二十万人民币，然后每个项目另外买卡，养生、保健、美容、滋补应有尽有，全部享用那就得超过百万。

像林总这一号的人物，手上经常有个十张八张的会员卡。来到这个“局”，见猎心喜的时候，随手就奉上一张。这种美好的善意，透过小秘传达，神不知鬼不觉，往后见到大款就不难了。大家有了相会的地点，他，只要按图索骥地往上加码就可以。

高档的会所，很放心，没有杂人，虽然人均消费五千以上是正常，但是羊毛出在羊身上，谁会把钱放在心上呢？贴心的服务员在大门口就会把车牌给遮好，就算有明察暗访的，也绝对甭担心会“露馅儿”。

四川的《廉政瞭望》，在 2014 年第三期的封面故事《官饭的学问》中也明确指出：饭局，在官场上一直为人所重视，吃饭在官场上也历来有学问，重点就在这个“局”而非“饭”上。官员每天都要应付许多执政难题，在上下级之间穿梭，在公众权益和行政执法之间找契合点，有官员表示，要在吃喝中得到放松和舒缓压力。还有，不少人是想一探饭局的游戏规则，以期许自己能够在饭局上如鱼得水，当然更怕自己出局。

人脉是种投资。中国商人花钱花在刀口上，绝对不会虚掷。商务款待在某种层次上就是一种社交的艺术，不但要使得商务能够拓展成功，还要宾主尽欢。多年从事国际贸易的台湾宇乔负责人罗月秋小姐，就举了个例子说明这种接待的关系，国外大型采买公司的业务人员来台的时候，她不仅是招待周到，帮他们支付了旅馆住宿，最后连发票都送给他们带回去，还可以照实核销。这种款待相信大家心照不宣，都可以明白当事者的诚心诚意。

2014 年 2 月 28 日，北京《新京报》报道，在检查过 37 家私人会所和高档娱乐场所后，有 6 家场所已关闭或正在清退，11 家停业整顿，其余的改为“大众菜”继续经营。这些挂着“停业调整”的会所，当然不是林总去的那种，道高一尺，魔高一丈，要找个“局”内人才知道的地方，那也不是什么难事。

有需求，自然有供应。否则，经济学理论，怎么写下去？

作者博客：http://blog.ifeng.com/2437033.html

（石咏琦，海峡两岸著名培训师、作家。）

姚树洁：中国人不能瞧不起中国人

博文地址：http://blog.ifeng.com/article/32490576.html

2014-04-11 23:04:01 |浏览 60015 次|评论 36 条

今天早上同事打来电话，说的一些话，让我感触颇深。这是一位在英国的非常优秀的同事，能干，聪明，会做事，她承担着在中国大学里建立一个学院的责任。

外国人在中国办事情，不信任中国人当领导，所以一般派些二流水平的非中国人担任主要领导职位，而有本事的华人一般只能充当配角。

这其实不能完全怪外国人有种族歧视，而是怪国人看不起国人。外国人到中国办大学，真正好的老师，愿意长期工作下去的老师，大多数是在国外比较优秀的华裔学者，想回到自己的家园，服务自己的国家。

可是，中国的学生和家长，并没有认识他们的聪明才智，而只是认外国人的“外国脸”。也就是说，一张脸胜过读八斗书。

我的朋友明明是学术带头人和主要领导，可是，每次开家长会，家长和学生都奔向她的下属。这些下属，是我的朋友招来当助理的，只是有一张“白”脸孔而已，就能够吸引中国学生和家长的青睐。

我以前也听许多从国外回到国内工作的中国朋友说类似的事情，不过，这次从我最接近的同事嘴里听到这件事，加上我们所知道的许多内情，才真正地感到这个问题确实严重。

要知道，在入学的时候，家长是以这个学院有多少“白人”来判断该不该入学，而不是判断这个学院有没有真才实学的学者在那里任教。

就连“白”脸孔在中国找女朋友也是这样。只要是洋的东西，就能吸引国人。有人老说，国人非常崇洋媚外，我一直不相信，因为我确实没有切肤之痛。

不过，多年来的观察，这种崇洋媚外的思想，始终是国人的纠结。中国发展了，有些人开始膨胀，自以为是，这是不对的。不过，盲目崇拜，不分优劣，却是更加不应该。

假如国人有朝一日能够看得起自己人，洋人就不会那么片面了。中国崛起，不仅是经济实力的崛起，更重要的是要有自己客观评价自己人的标准，既不要盲目尊大，也不要自己人瞧不起自己人。

要知道，在你瞧不起自己人的时候，你有没有想过其他的国人也会瞧不起你呢？

如果想到了这一层，你可能就会发生变化。其实，我们每个人都有很强的自尊和自爱精神。如果连自己的国人都不屑一顾，你自己哪有什么自尊和自信可言？

物质生活改变了，中国人在变聪明。我今天走在西部一个国家重点大学的校园里，意外地见到了原来在英国认识的一位年轻才俊，他被这所大学当作“百人计划”引进来。年薪20万元人民币，外加20万元安家费，200万元科研启动经费，他的妻子在英国读了硕士，也一同被“挖”到同一个大学的外事部门工作。

在我眼里，我看到了中国的希望。这样优秀的国外名校博士后愿意回国工作，而且实际收入水平和待遇，不亚于在英国，实在是令人高兴的事。这位同学拿的20万元安家费，刚好可以买到大学配给的一套120平方米的学校集资房，这在国外，是不可想象的待遇。

我还发现，现在国家有钱了，不惜血本，就是想通过各种人才引进渠道，从国外把那些最优秀的学者引进来。

那位同学见到我在这个学校里散步，惊讶得不得了。他说：“姚老师，怎么是你啊？我真的是非常高兴能够在这里见到你，这不是做梦吧？”

我看他很面熟，就是想不起来。当他说在2009年的全英博士论坛上，见过我做主旨讲话，还提起他的导师名字的时候，我才想起了他。我于是也很激动，立马关心他的工作和在国内习不习惯的事情。

他的一句话让我感到安慰和惊讶：“姚老师，我很满意。回来前一直想留在国外，回来一年半了，现在要我回去英国，我绝对不干了。国内变化很大，包括工资收入，再加上我们搞建筑的外快和科研经费不错，生活费却很便宜。我们已经有了两套房子，在学院里还租了一套140平方米的房子，主要是为了上班方便。”

我说：“天啊，你才30岁出头，就是大地主了。”他笑了一笑，露出满意的神采。

中国的崛起，不是金钱的崛起，而是人才和理念的崛起。老百姓的日子还比较苦，国家和大学愿意花重金挖海外高层次人才，是国家为今后的可持续发展所布下的棋子。国人在发展的同时，一定要改变自己的观念。其实，国人之中，人才是非常丰富的，把这些人才用好了，连带一批一批的人才成长，中国就有希望了，而且，会很有希望的。

当然，一个近 14 亿人口国家的最终崛起，路还非常漫长，需要无数的仁人志士，包括广大的老百姓，对自己要有信心，对民族和国家要有信心。中国走向全面崛起，只是时间的问题，而不是能不能的问题。

作者博客：http://sujieyao.blog.ifeng.com/

（姚树洁，英国诺丁汉大学当代中国学学院院长，著名华人经济学家。）

彭玉宇：朋友从美国带给我的礼物

博文地址：http://blog.ifeng.com/article/33102989.html

2014-06-04 14:19:35 | 浏览 177901 次 | 评论 94 条

朋友从美国给我带回来一件 T 恤，颜色、质地、款式我都喜欢。一看价格为 45 美元，我有点儿乐，因为同品牌在国内价格肯定在千元以上。还有让人更乐的，衣服里边用英语清楚地标明“中国制造”。

从美国带回一件中国生产的东西，现在已经十分平常，常听说有这回事儿。这个一点儿也不奇怪，中国现在是“世界工厂”，连苹果手机都是中国人组装的，更甭说衣服这类技术含量并不高的东西了。

关税加运费加销售成本，卖价居然比国内产地还便宜，这还不考虑美国人挣的钱跟中国人挣的钱比价多少的因素呢，因而我有点意外，但这却是真的。都说中国人现在有钱了，因为中国人出去都成了购物狂。你若跟人说你挣一千美元，我只挣两千人民币，一换算还差得远呀，不过马上会有人说人民币购买力强什么的。总之，不承认有钱，别人就是不乐意，于是中美经济总量比较的时候有人拿“购买力”说事，美国强压人民币升值的时候也拿这个说事儿……说得多了连俺们自己也有些陶陶然。可看一件衣服的价钱，45 美元的购买力已经超过了1000元人民币的购买力，所以就会知道，人民币购买力比美元强这类说辞基本是瞎话或者说自欺欺人。

事情到此仍不算完，我满意朋友带给我的衣服也不仅仅是因为品牌，而是这衣服跟国内同款衣服还有不一样的地方，那就是没有像我们常常买到的不管内衣外衣的领子内侧都有一块大小不一的标牌。

说实话，衣服的商标是一个困扰我多时的问题，在我印象中，不管什么衣服，标牌总是必不可少。而且不管主料质地是什么，衣服商标牌子一定是化纤布料，穿在身上总觉得有人在用一把小毛刷不停地刷你的后脖颈儿，尤其是天热出了点汗更是难受至极，生生地就像有条毛毛虫在身上爬来爬去。于是我买衣服回来的第一件事就是拆商标，令人不解的是，越是没名气的衣服商标缝得越是牢实，越是品牌不响的衣服标牌越多，除了衣领，左腋下端还会有一到两块。拆起来可费劲儿了，有时候剪刀刻刀镊子齐上往往还搞得满头大汗，新买的衣服领子经常被我弄出个破洞来，于是一边剪就会一边十分热情奔放地问候生产衣服的厂长他妈妈。

跟朋友交流，似乎大家都有这样的感觉，而且我相信这种感觉是共同的，难道制衣厂厂长不穿内衣？显然不会如此。他们一定晓得好好的衣服上面缝一块化纤布让人皮肤难受，因为给美国人做的衣服就没有这么一块烦人的东西。

其实改进衣服商标并不是件需要“创新”的事情，如果像朋友从美国带回来的衣服那样只是印上商标岂不是还节省了商标布料？就算“内外有别”要保证跟出口服装有所区别，换一块软乎些的棉质丝质布料似乎也不会增加多少成本，而感觉就会截然不同。为什么服装厂对此熟视无睹？因为他们根本就没有也不愿意考虑这种小事。

都说细节决定成败，估计所有上点路子的企业家都知道这句话，但面对衣服领子上一块小小商标的问题，很多厂家就没想到要改进一下。说轻一点是对消费者的诉求不放在心上，说重一些恐怕就是因循守旧，故步自封，严重缺乏创新能力的表现。

应该说，做现代样式的内衣衬衫甚或大部分服装，我们都是学人家的，缝上商标大约也是学习来的结果，于是就一直沿袭下来了。既然没有觉得有什么不妥，也就习以为常，时间长了也就麻木了。

很多事情大都如是。

作者博客：http://blog.ifeng.com/2074217.html

（彭玉宇，知名博主。）

叶檀：要多少钱体面养老？

博文地址：http://blog.ifeng.com/article/33309711.html

2014-06-26 00:13:16 ｜浏览 435136 次｜评论 187 条

总人口中老人比重增加，如果经济结构无法调整提升效率，未来多数老年人口无法体面养老，而中高收入群体则会将一生积蓄用于养老。

2013 年 6 月 13 日，联合国发布《世界人口展望:2012 年修订版》预测，到 2050 年，全球人口将从现在的 71.62 亿人，增长到 95.5 亿人。中国人口将在 2030 年达到顶峰，然后逐渐下滑，到 2050 年，中国人口将达到 13.85 亿人，与现在相近。到 2050 年，进入劳动力市场的人口将比 2005 年减少 30%，劳动年龄人口（15 ~ 59 岁）占总人口的比例从 2000 年的 67%，下降到 2050 年的 57%，也即 7.89 亿人。据国家人口计生委数据，2009 年中国 60 岁以上老年人已占总人口数量的 12.5%，人数已达 1.6714 亿人，2013 年达到 2 亿人。据传毛大庆先生的内部发言，2028 ~ 2033 年间，我们国家 60 岁以上的人口会达到 3.9 亿 ~ 4.4 亿，我们取大数 4 亿，60 岁以上人口，会在 2033 年左右出现，再过 20 年左右，老人群体将比现在更为庞大。

与农业时代多数老人没有财富靠家庭养老不同，这一辈老人拥有资产与积蓄，但他们的积蓄将如同冰山在艳阳下融化，未来涉及养老的一切服务都将处于上涨通道，从护工、老年医院到养老公寓。

进入市场化的老年公寓需要一笔初始投资，目前政府补贴的养老院根本不敷所需，而社区养老院多数状况极差，无法满足老人养老所需。市场咨询服务机构同策咨询研究部的数据显示，预计 2015 年全国城市商业化养老机构的潜在需求为可自理老人床位数 174 万 ~ 185 万张，需要护理老人床位数为 30 万 ~ 32 万张。如果按现有标准，单一养老项目最优化床位数为 400 张计算，意味着未来 3 年市场上将需要新建设至少 4500 个养老项目。

以 2013 年年底价格论，绿城在乌镇的养老项目，出售的是 70 年产权的精装修住宅，户型包括 72、90、128 平方米三种，12500 元 / 平方米，拎包入住。畅销的 90 平方米住房售价 112.5 万元（不计税费），物业费 3.5 元 / 平方米 / 月，90 平方米为每月 315 元；享受老年教育、健身服务等，另外计费；如果需要专业护工，与月嫂一样高昂，一月工资 8000 元左右，并且每年随行就市，还会上升。

万科在杭州大盘良渚文化村里做的养老组团，预计 2015 年 3 月交付，在售的有 75、100、110 平方米三种，均价 16000 元 / 平方米。项目拥有 30 年使用权，每个月可根据需求定制个性化服务，服务费用每月 2500 ~ 3200 元不等。

也就是说，购入养老公寓，或者拥有使用权，门槛在 100 万到 200 万之间。需要人性化服务另外收费，生活不能自理的老人月费用翻倍。以保守的每月 3000 元计，年工资增长 10%左右，5 年后就会增长到每月 4432 元，20 年后则上升到 2 万多，则还是老人没有失能的情况下；一旦失能需全天候照顾，则目前就需要每月 8000 元以上。月嫂与老年人服务领域属于稀缺资源，人力成本的上升体现得最明显。

现在老人想要入住老年公寓体面养老，不在城市近郊而是在远郊风景较好之处，基本上需要 150 万到 200 万元之间，未来仍然需要数十万元以备身体机能不良时的需要，这些老人一辈子的积蓄基本上倾尽于此。一些高端养老公寓要价更高，入门费在 200 万元左右，并且没有产权，需要缴纳租金，所有的服务另行收费。当然，这些养老公寓从先进国家取经，触目绿意，在细节处力争尽善尽美。

假设老人入住养老院到最后时间是 20 年，除租金等费用外，其他每年花费 5 万元，老人需要的绿色食品等价格将以每年 6%的速度上升，每年支出最终将达到 15 万元以上。

针对目前的老人，如果想要在市场养老公寓中过上体面而人性化的养老生活，最好准备 500 万以上的现金。至于到 2020 年以后的 60 岁老人，那就自己计算吧。一辈子的积蓄用在孩子、用在养老身上，是中国人一生的写照。

作者博客：http://blog.ifeng.com/948904.html

（叶檀，知名财经评论家、财经专栏作家。）

郑也夫：轿车论辩二十年

博文地址：http://blog.ifeng.com/article/33736964.html

2014-08-07 17:00:55 | 浏览 774752 次 | 评论 304

一、羞言我赢了

1994年8月9日拙文《轿车文明批判》在《光明日报》整版刊出。文中观点如下：简述轿车发展史；现代社会中驾车是购买一项大大超出轿车的交通系统的使用权，它包括道路、标志、交警、保险系统，其中道路修建费是天文数字；购车之特别动力有二：其一可资炫耀，其二因政策上的倾斜，即不缴或少缴修路费、停车费，驾车者以超低价格购买了这项消费；公民有权买车，但必须缴足养路费，政府不可以变相资助驾车人与汽车商；轿车制造业可拉动国民经济是个谎言；未来中国城市的明智选择是公交、自行车，而非轿车。

同年11月8日，樊纲在《光明日报》上发表《轿车文明辨析》，批判拙文。我在当日完成了九千字的反击文章《轿车文明再批判》，无奈《光明日报》的答复是：党报不争论。我好生奇怪：樊纲批评我不是争论吗？后《中国市场经济报》(1994/11/24)刊登了该文。

1995年年初，北京电视台《背对背》采访我与樊纲，将双方对同一问题的回答对接在一起。其为热门话题，二人针锋相对，遂使该节目传颂一时。

二人论战中的胜败、高下，非我一人说了算。但自此我撰文出镜，欲罢不能，而樊纲高挂免战牌，缄口不言，却是不争之事实。2005年北京电视台忆起十年前的这场论战，邀我俩再战一轮，我求之不得，樊纲却是千呼万唤不出来。我的猜想是，他鬼聪明，前番孟浪，过后知晓批判轿车是世界舆论界的主流，他岂敢再做轿车的辩护士。

也是在1995年，受经济科学出版社委托，我编辑了《轿车大论战》一书。那年月出版周期长，此书1996年4月才问世。我从来觉得论战比独白有趣，且角色变了，做编辑就要好好搭台，偏袒一方太小气无聊。无奈事实上，反对发展轿车的作者轻易就能找到，该书中的反对派作者有何祚庥、茅于轼、徐友渔、张祥平、远征、胡鞍钢等等。而我费尽心力，旗帜鲜明的辩护者竟然除了樊纲只找到一位记者李安定。乃至书稿是我编，前言是我写，“编者”的称号却刻意回避，只署“郑也夫等著”，怕读者以为编者偏心，实在是打着灯笼也找不到辩护派作者。

自1994～1996年，从郑樊交手到《轿车大论战》，批判轿车一方占压倒优势。但与此同时，中国轿车制造商却逆舆论而上，你说你的，我干我的，看天下是谁的：

北京私人轿车拥有量（万辆）（摘自《北京统计年鉴》）

年份	轿车量	年份	轿车量	年份	轿车量	年份	轿车量	年份	轿车量
1998	17.7	2001	32.1	2005	99.2	2009	218.1	2012	298.2
1999	20.6	2002	45.8	2006	121.0	2010	275.9		
2000	24.3	2003	65.6	2008	174.4	2011	286.2		

惊骇于二十年间轿车二三十倍的增长，当初论坛上的胜者已无一丝荣耀可言，唯有长考：为何舆论与实践南辕北辙？

二、管窥决策层

借为《轿车大论战》约稿，我与时任北京城市规划设计研究院副院长的全永燊先生深谈过一次。他考察过多国大都市，见多识广，堪称北京市政府首席交通专家。系统介绍其交通思想后他慨叹：我对北京交通有一肚子看法，急于向陈希同市长汇报，但是他安排不出和我谈一次话的时间。其时家兄供职市政府，和我描述过陈的作风：市政府食堂中，他们这层局级干部中饭时都刻意远离陈，因为他看到谁就要叫过去谈工作，饭都吃不香。虽为工作狂，却不谙交通在都市中之要害的陈希同，始终未能与其麾下交通第一专家晤面，对北京交通的影响可想而知。全永燊骨子里反对发展私车，他对我说他见过的国外所有都市管理者鲜有支持私车的，皆因伺候不起。但这观点他不便说与外界，因为发展私车几成国策，身为官员岂能对抗。日后北京办奥运，他才有用武之地。我一直猜想，多半是他将我安排为北京市交通问题顾问。顾问团其他成员走马灯一般，只我一人长期担任。我以为，是他们要借我的嘴说出他们不好说的话。而只要推动公交，响箭、长枪，兼作何妨。

1998 年的一次专家咨询会，新上任的汪光焘副市长出席，他的开场白是：今天我全天奉陪，倾听大家的意见，但有两点请大家免谈，其一是抑制轿车，其二是发展地铁，因为超出我的权限。话音未落，秘书与其耳语，他转过脸对我们说：朱总理来电话要我马上去汇报工作，抱歉，我中午一定回来。他一走，会场炸窝了，众多专家的牢骚是：抑制私车与发展地铁免谈，北京的交通何谈长治久安。轮到我发言时说：北京交通的困境已经逼迫副市长与专家对话了，看来不够，这困境很快会逼迫市长亲自抓交通，不然碍于权限，恐无法治理。我不明白，汪副市长如何就满足于交通治理上的小打小闹，为何不像全永燊那样，乐得借专家之口将一些建议直达上方。

大约 1999 年前后，我看到朱镕基总理在四川某城市的一篇讲话，态度鲜明地反对发展私车，记得有如下措辞：有人说轿车制造业能拉动国民经济，我看是能让汽车商发财。这话语几乎就是我等轿车批判者的风格。而令我不解的是朱总理的这番言论只惊鸿一瞥，再难闻其声。与此同时，看到的是轿车生产之突飞猛进。十年后《朱镕基讲话实录》（2009）出版。2011 年朱总理在与清华师生座谈时特别解释了该书的最后一篇文章《大力发展公共交通》，他说该书快要印刷时他想起了他卸任前一个月看望北京公交职工时的讲话，决定选入。在该文中他说：“我就是不赞成每个人都去买小汽车，这不符合中国的国情。……怎么能够每家都有一部小汽车？哪个城市都受不了啊，不能这样做。哪有那么多油啊，油大部分要靠进口！还有汽车排放尾气，那个污染就更厉害了，严重影响人们的身体健康啊。我认为，现在小汽车生产有点过热。……现在就是要大力发展公共交通，发展公共汽车，发展城市轻轨交通，还可以发展磁悬浮高速列车。……总之，我们一定要把更多的精力和注意力放在发展公共交通方面，不要放在发展小汽车上面去啊！”老实说，这说法要比上述那篇讲话客气多了。为什么朱总理一番激烈的言论后再不作声？为什么退休前夕重提这观点，并执着地编入《讲话实录》？我以为，是高层完成了发展轿车的国策，便是总理也只好收起个人的观点。他十年过后仍心有不甘，故将其作《讲话实录》的压卷之文，引后人思考。而笔者从中想见的是，那个无视智者的争论、令非议统统边缘化的轿车利益集团的巨大力量。

三、不说白不说

1994 年郑樊论战后，樊选择沉默；郑甘做过河卒，一发不止，连篇累牍。

《京城官车》（《南方周末》，1995/5/5）一文中，我提出：应以交通补贴置换局级以下干部的公车；官员不进入其中，我们便永远不会拥有高质量的公交系统。

《公交优先何在》（《南方周末》，1996/4/26）一文中，我提出公交专行道，指出 1986 年东京有公交专行道 269 公里，巴黎 248 公里。这数据对今日北京仍高不可攀。

《停车场与社会公正》（《北京晚报》，2001/2/14）一文中，我提出，北京寸土寸金，设想一个开发商租赁一块地皮做自负盈亏的停车场，不收取高价停车费,能回收地皮租金吗？在交通顾问会上我多次提出，严罚路边随意停车，罚金大可养活扩编的执法队伍，同时停车费提价到位，这是贯彻公正的逻辑。

《少谈抑制,重在公正》(《新京报》,2004/4/16）一文中,我一反“抑制私车”的提法,提出是政府在修路费上偏袒有车族促进了购车狂潮，只要忠实贯彻谁驾车谁养路，多数购车人将知难而退。在《轿车、路障，哪位挪动一下》(《新京报》，2005/2/9）一文中，我提出有车族大约只承担了北京道路修建费的 19%，这是严重的政策偏袒。几天后，报社转给我一封吴先生的来信，他认为有车族同无车族一同纳税之外还要缴纳 1320 元养路费，已属超额纳税，他为“堂堂北大教授的低级错误感到遗憾”。我立即撰文《轿车族该缴多少养路费》(《新京报》，2005/4/2）正儿八经算了笔账，提出按照驾车人占路为乘公交或自行车人占路的 6 倍计算,有车人应缴纳 3137 元养路费。该文结语是“少说风凉话，大家账上见”。吴某再不吱声。

2008 年燃油税出台之前，我联络国家院士倪维斗、秦晖等九名教授，拟写“给温家宝总理的公开信”，被报社更名为《十教授建议提高燃油税：每升 3—4 元》(《南方都市报》，2008/12/26）一文中说：“合理的价格，是良好的信号和强有力的杠杆。我国石油短缺，土地（道路之基础）短缺，城市清洁空气短缺。对稀缺物资的消费征收重税，符合市场规律，符合大多数公民的利益，符合国家的长远利益。每升 1 元的燃油税完全不能向社会提供资源短缺的信号。这一额度不仅低于欧盟国家（约合人民币 6 元/升),也低于我们周边国家和地区，唯独接近于美国。我们不能效仿美国的生活方式，我们没有那么多资源。3—4元/升是符合中国国情的燃油税额度。此时正是引入这一中等强度燃油税额的极好时机。机不可失，时不再来。”可惜这一建议未被采纳。

2002年获悉美国发明家卡门研制出踏板车Segway，正巧我同清华大学社会学系同仁赴洛杉矶，在书店中购到介绍该车的那期《时代周刊》，我的《卡门与他的踏板车》(《博览群书》，2002/4）是国内第一篇介绍该车的文章，并提出“体积革命”的概念。我与何祚庥教授同为最早反对发展私车的人，我们的差异是，他反对的支点是燃油和污染。我更彻底，除了这两项，还认为必须在都市交通中发动“体积革命”，要么合乘，要么使用微型交通工具。选择轿车，就是一同堵死。写作本文这几天，我在商店中已经看到国内生产的Segway。我以为推行它将很艰难，因为它来晚了，我们的地面交通几乎被轿车锁定。

2003年我撰写了《中国无车日倡议书》(《青年参考》，2003/8/13)。我一直以为，无车日的目的不是追求一年中减少一天的污染，而是刻意制造强烈反差以警醒人们：大家都乘公交非不可行也，并策划当天的街头歌咏、话剧演出，以彰显无轿车骚扰时露天公共生活的勃勃生机和无限乐趣。无奈高度现实的国人连一天美梦的时空都不愿给出。

做了二十年出头鸟，笔者图什么？我与樊纲之争，可称论坛上我胜，论坛下我败。经此一番，如果我仍以为言论可以改变中国，便是弱智。那么我一路下来为了什么呢？其一，套用小说《教父》中的一句话：“我的智力不能蒙受侮辱。”其二，如我在拙文《我能影响中国吗》(《博览群书》，2004/10）所言：“这功能就是平衡社会管理者的力量，不让社会的实践吞噬舆论，抵抗宣传的声音催眠大众。很可能政策和社会生活依旧，但是我通过自己的声音，显示了一个不被催眠的人的存在，促进多样化的思想生态。”

四、官员与公交

北京申办奥运成功后，大规模地铁建设与地面公交改善一同启动。我是最早撰文提倡地铁者，但我不会自恋到声称是我推动了地铁建设。它与我丝毫无关。是私车搞死了北京交通与奥运将至的巨大心理压力，倒逼出地铁建设。时下北京地铁与公交的规模自然不是十年前所能比拟。但是公交开发延误十年的代价是巨大的。其一，如果十年前就重视地铁与公交，很可能不会培育出北京今天这样的轿车大军。其二，慢工出细活，仓促上马导致的粗糙工程已无可挽回。其三，今日虽有规模，质量却全面低下，这是我们二十年来不营造全民公共服务所致。

我见识少，但好歹乘过纽约、东京、台北的地铁。真是一家更比一家好。台北的一个地铁站竟有十余个出口，不仅通向多个路口，还能直接走进商厦、学校、火车站，连接绝妙。什么原因？后发优势嘛。但到了北京，这道理却不成立了。北京大规模发展地铁，晚于这三个城市，连接却出奇的笨拙。我在北京交通顾问会议上讨伐西直门地铁的连接：设计师应该判刑。交通官员们哄堂大笑，私下对我说其实设计没那么糟，是当时削减了资金。以后面对滔天怨言，不得不改造，但事倍功半，难臻完美。还有蹩脚的机场快轨，首先，车次少，等车就不可能快。第二，或许更为难的是，乘机人常常携箱，遇到连接不好，便永远放弃这一选项了。

北京公共交通质量低下的原因不一而足。但我以为梗结是：VIP们不进入公共服务系统，平头百姓批评公交，说了也白说。我们想象一下，如果一个正部级以上的高官乘坐出租或地铁后给北京主管交通的局长打来电话："小刘，我刚刚乘过车，问题不小啊。"对那局长必是五雷轰顶，敢不改进。国外的公交服务好，是因为那是全民加入的公共服务，三教九流概莫能外。改革开放初期，笔者便读到一位香港作家的文章，说他早年在纽约机场看到一个人拉着箱子走，箱子上赫然写着 D. Rockefeller，Jr.，他不能相信，盯住那面孔一看还真是洛克菲勒。人家私人旅行，不喜欢前呼后拥。这些年笔者关注交通，获悉英国的交通部长上班乘地铁，他制定了都市中减少停车场的政策——逼着大家乘公交。中国特色就不同了。我们的官员们有各自的"系统"，且不说芝麻大的官已有专车，到了外地，一定有外地同系统的人派车接送。任凭他走遍全国各地，都有其"系统"照应，断然不会进入公交。为什么"系统"的服务这么周到？因为"系统"有钱，更因为其钱包不受约束，账目不透明，招待费花多少都不要紧。一句话，他们生活在"特供"中。

特供源远流长，譬如皇上的官窑和江南织造。但皇上也不是都靠特供。出殡在古代是何等大事，嘉庆皇帝出殡用了六十班杠夫。遇到这等阵仗，多个杠房联合作业。也就是说，杠房是公共服务。皇族的进入，修炼了他们的本事，从此高档低档的活计他们都干得来。

特供有时在所难免。我们自幼年就沐浴革命宣传中的平均主义，"文革"时看大字报才知道，外贸部长叶季壮当年长征时马头上都挂着香肠。后又知道，去遵义的路上，毛和周两副担架并排行进，密议权力更迭之事。想来，长征路上头领们吃与行都不犯难。这也确实需要，若领袖与战士一同“煮皮带”（我等被告知过草地时红军断了粮，靠煮皮带充饥），饿昏了的领袖怕是会出昏招的。

改革开放前特供存在的大前提是，错误的经济政策导致匮乏和短缺，笔者不能理解的是，为什么改革开放三十余年来一直在畅言和推行市场经济。市场经济的一大优势是可以填补匮乏，打造优质的服务。为什么在市场开始造就优质服务的时候，官僚们不亲身介入，亲力推动，要另起炉灶，经营自己的专供？当一个社会中的 VIP 全面退出了公共服务系统，公共服务一定会滥下去。原因简单之极。公共服务的提供者和管理者知道，他们面对的是草民、大众、沉默的多数。且因为长官不加入这系统，这系统没有了有效的日常监督人。而特供系统的提供者和管理者更清楚服务的是谁，敢不精心伺候？官员有特供，公共服务必定低质，后者低质，官员就更不愿进入，恶性循环由此开启。

灵长目研究者告诉我们，其成员多善于模仿，但从来是位低者模仿位高者，鲜有高位模仿低位的。人类何尝不是这样。当官员和其他 VIP 一窝蜂选择轿车，则买车对于一些人已经到了证明自己的高度，公交任凭怎样鼓吹都更像是酸葡萄。

一言以蔽之，提升公交的关键是让官员进入公交服务系统中。完成了这一转变，一通百通；完不成这一转变，说什么都是瞎扯。

作者博客：http://blog.ifeng.com/13685380.html

（郑也夫，著名社会学专家。）

中国·世界

金宰贤：为什么我平时感觉不到中华文明？

博文地址：http://blog.ifeng.com/article/25608861.html

2013-04-10 19:31:02 | 浏览 254887 次 | 评论 372 条

“韩国为什么能够保存儒家传统呢？”我说了“至今韩国保存了较为完整的儒家传统”后，主持人如是追问。我开口说“因为韩国”后张口结舌，只好无奈地说：“我说不清楚，反正是这样。”

这是2008年我作为现场观众参加一个访谈节目录制时的情景，那期的主题就是《我心目中的孔子》。由于语言能力有限且没有提前准备好，我未能说出我的答案。这使我至今觉得欠那位主持人一个回答。

北京有孔庙和国子监，我也去过几次。每当去孔庙的时候，都不难看到包括游客在内的一些外国人，比如韩国初中生团体游客或者欧美人等等。在孔庙里，他们大约占了三分之一的人流。相反，考虑到超过两千万人的北京常住人口的话，来到孔庙的中国人确实比较少。2006年，我去英国伦敦的时候，一件事情令我非常震惊，就是他们对历史以及传统的态度。我在马路上看到了很多铜像，比如政治家、将军等历史人物。英国的力量从何而来呢？我在不知不觉中感到，从过去积累起来的他们的传统依然支撑着整个国家。那时的感觉至今难以忘记。

伟大的中华文明在何处？

我在中国也感受过类似的感觉，也就是在孔庙。在孔庙里有198块元、明、清时代的进士题名碑，它们记录着元、明、清三代51624名进士的名字。不论刮风下雨，这些题名碑默默地保存着中华民族文明的足印。请允许我直言不讳。我往常听到“伟大的中华文明”的时候，我始终怀疑并显露出一副不以为然的样子，因为我在中国几乎没有看到过，甚至没有感受过它。然而，在看到这些题名碑的时候，我的确感到了中华文明的重量，并开始想象它会包含着多么宝贵的人类文化的精髓。那时，我感到尤为震惊，因为我直接面对着绵绵不绝的中华文明。

当我看到林则徐——曾经只在教科书看过的名字——的时候，我自然而然想到，1839年林则徐销毁鸦片的场景以及其后的鸦片战争。看到李鸿章的时候我也产生了格外的亲切感。总而言之，我在孔庙目睹到了中国文明的基石，以及其历经的轨迹。还有，我发现了中国积累的精神文明的线索，因为一种文明离不开其历史与传统。

那么，为什么我平时感觉不到中华文明呢？在我看来，自1919年的新文化运动以来，中国一直处在欲摆脱其传统的状态，20世纪60年代的“文化大革命”以及“批林批孔”是该趋势的顶点。那时，大搞“批林批孔”运动，“祭孔”被视为封建迷信而被禁止。当时曲阜“三孔”（孔庙、孔府、孔林）的许多文物古迹都被红卫兵破坏了。

虽然“文革”已经变成了历史，但“文革”留给它的伤痕还没有真正地修复。

在曲阜孔庙遇到的不是君子，而是黑导游

曲阜孔庙一直是我向往的地方，可是我始终没有机会去曲阜拜见孔夫子。去年的最后一天，我终于踏上了前往曲阜孔庙的行程。去过曲阜孔庙的中国朋友们可能都会猜出我在曲阜会有怎样的感受。位于山东省西南部的曲阜，由于周边产业基础薄弱，其经济欠发达，这使得很多曲阜居民依靠三孔来维持生计。因此，不管愿不愿意，他们注定摆脱不了“宰游客”的欲望。

在曲阜的一个经历令我觉得圣人故里的人并不像圣人。刚进孔林的时候，我发现几个阿姨在门口站着等待游客。随后，其中一个阿姨前来对我说，我应该请个导游详细地了解孔林，还说费用也不贵，只收 20 元，时间为 20 分钟左右。我犹豫了一会儿，尽管我从来没有请过导游，但为了更好地了解孔林，我还是请了她。

从门口到孔子墓的时候，她给我介绍了几个故事，比如“子贡手植楷”是子贡亲手栽植的楷树，它于清光绪八年曾遭雷火，现仅存一段树桩，等等。可是过了一会儿，我发现她的一些介绍与标志牌的内容有出入。还有，一些人前来劝我烧香的时候，导游屡次对我说他们是孔子的后裔，我应该让她帮我烧香。难道孔林里的当地人都是孔子的后裔吗？我开始怀疑她是否是正式导游，随后确定她原来是个黑导游。圣人故里真不光明！

在曲阜最让我触目惊心的是雕刻和石碑被毁的伤痕，随处可见重新粘接的石碑、雕像，甚至孔子墓碑也曾经遭到了砸毁。我不禁感到无比沉重的伤感。在某种程度上，曲阜孔庙反映了当今中国的状态。在处于价值观真空期的中国，横行的是黑导游、孔子的伪后裔，而君子、孔子在哪里呢？

在韩国也出现过一起反孔子的风波，但其威胁力没有在中国的那么大。1999 年，一本题为《孔子死了，国家才会生存》的书风靡整个韩国。作者声称儒家思想是韩国进入 20 世纪以后面临种种困境的罪魁祸首，因此我们应当废除儒家思想。当时这本书掀起了轩然大波，足以使得很多韩国人重新思考儒家思想是否正确地引导了韩国。然而时间没过 10 年，风向已经发生了根本性的变化，即很多人从包括《论语》在内的经典寻找出答案。其实，韩国没有离开过儒家思想，儒家思想一如既往地支撑着韩国社会。

温故而知新

前不久，我在上海做了一个小型讲座。讲完后，一位中国朋友问我，目前中国的很多问题是否是因为中国没有宗教信仰。他对韩国人的宗教信仰很感兴趣，比如是不是超过一半的韩国人都信基督教。我已经听到过这个问题好几次。在不少中国朋友的印象里，很多韩国人都信基督教。实际上，韩国的基督教徒没有他们想象的那么多。据 1 月 30 日发布的一份问卷调查显示，在韩国人当中，55.1% 有宗教信仰，其中基督教徒为 22.5%，佛教徒为 22.1%，天主教徒为 10.1%。

我认为，宗教信仰对形成价值观会有所帮助，但它不会起到决定性的作用。中国与韩国之间的差异，比如在中国价值观的真空比在韩国更大一些，不是因为是否有宗教信仰，而是源于其对传统的态度，乃至能否发扬其历史和传统文化的影响力。

中国应该从其历史与传统寻找价值观，并将它重新梳理为新的价值体系。孔子曰："温故而知新，可以为师矣。"各位觉得呢？

作者博客：http://blog.ifeng.com/3688012.html

（金宰贤，韩国人，专栏作家，在中国学习、工作多年，著有《中国，我能对你说不吗？》。）

周其仁：为什么中国的体制改起来特别难？

博文地址：http://blog.ifeng.com/article/29543440.html

2013-08-05 14:34:51 | 浏览 122133 次 | 评论 174 条

不久前我问过一个问题，为什么改革开放30多年了，讲起改革来还是颇为沉重？再进一步问，为什么我们这个体制，改起来那么难？这里有不少感慨。不是吗？中国这个要改革的体制，从1952年国民经济开始恢复，到1978年，总共也不过就是26年。其实在1958年之前，很多新民主主义的经济元素还在，农民要入的是基于土改而成的劳动者私产的合作社，在理论上还可以退社。农户自留地的面积蛮大的，此外尚没有搞政社合一，没有城乡户籍控制，也没有从这个产业到那个产业、“这不准那不准”的那一套。

换句话说，权力高度集中的计划命令体制，应该是在1958年到1978年期间形成的。总计20年时间，搞成了那么一套管得死死的体制。可是要改这套体制呢，从1978年算起，到2013年已经35年了，人们还在呼吁改革、讨论改革、建言改革。这么一个现象里面，必定有一些道理。为什么我们过去形成的那套体制，改起来特别难？

现在的一个认识是，维系老体制的既得利益太顽固。这个说法当然有道理。改革以来国民经济壮大了多少倍，所有既得利益也一起壮大了。现在一件事情，背后都是多少亿实实在在的利益。既得利益很大、很顽固，于是改革就难了。

但是，哪个国家在哪个历史时代都有既得利益问题。一套体制就是一个既得利益格局，从来如此。改革要改游戏规则，也就是要改变经济竞争的输赢准则。游戏规则改了，原先的赢家不一定继续赢，当然不可能高高兴兴就退出比赛，总还想维系老规则，继续赢下去。这是人之常情，天下都一样。所以要问的，是中国的既得利益为什么显得特别严重？

我的看法，计划命令体制不是从实践中自发建立起来的。它是按照一种理论构想、按照一个理想社会的蓝图构造出来的体制。如把整个国民经济作为一家超级国家公司来处理，那完全超出了所有人的经验。发达国家的市场里是出现过一些大公司，但要让公司大到覆盖国民经济，以至于可以消灭全部市场关系、完全靠“看得见之手”来配置一个国家的经济资源，那还是要差十万八千里。但是一旦把这么个超级国家公司说成是“社会主义”的唯一形态，谁能随便改一改呢？明明行不通，一改就碰上“主义”的大词汇，碰不得，只好拖来拖去，把毛病越拖越大。

所以恐怕还不是一般的既得利益，而是包上了“大词汇”的既得利益，才特别顽强，特别难触动。谁也碰不得，一碰就成了“反社会主义”——50年代的中国还有一个罪名叫“反苏”——本来是怎样搞经济的问题，非常实际的事情，水路不通就走旱路，高度依赖经验和实践效果。要是意图老也实现不了，不妨考虑改一改方法吧。但是“大词汇”当头，点点滴滴改进的难度骤然变大，一静一动之间好像都触犯了制度底线，既得利益就变得很僵硬。

推进改革，首先就要回到经验的基础上来，也就是确立“实践是检验真理的唯一标准”。社会主义的理想要坚持，但究竟怎么在中国一步一步实现，要根据实际情况来决定，也要根据实践效果来调整。非要人民公社，非要政社合一，非要搞得种田的人吃不饱饭，才叫“社会主义”？久而久之，人民对那套“大词汇”就不会有信心，也不会有兴趣。

其实世界上各种经济体制，互相比赛一件事情，那就是纠错能力。哪有不出错的制度？资本主义了不起，《共产党宣言》说它创造了超越以往一切时代的革命性的经济成就，但为什么老要闹经济危机呢？还不是那个体制会出错？过去以为搞了计划经济就可以消除危机，实际上无论在苏联还是在中国，经济决策同样也会出错，否则为什么隔几年就来一次“调整”？经验证明，出错不可免，问题是纠错能力强不强。权力高度集中的体制，可以集中力量办大事是个优点，但前提是决策要对。决策错，又集中，那错误也大，且纠错比较困难。

改革无非是系统性地纠错。这里存在一个悖论：计划体制本来就是因为纠错能力不够强，非积累起很多问题才需要改革。但打出改革的旗帜，我们体制的纠错能力就自动变强了吗？实践中还出现了一个新的偏向，千难万难，改革好不容易取得了一些进展，也因此取得了一些经济成就，有一种舆论就认为我们的体制是全世界最灵光的体制，再不需要改了。

既然改革这么难，那么干脆不改了行不行？干脆宣布中国已经建成了新体制，再也无须改革，行不行？想来想去，答案是不行，因为改了一半不再改，大的麻烦在后面。大体有三个层面。

第一，不继续在一些关键领域推进改革，不继续推进社会主义市场经济方向的改革，不推进健全社会主义民主和法制的政治改革，很多社会矛盾会呈现连锁爆发趋势。

浏览最近新闻，刘铁男案、刘志军案、东北四天里的三把大火，还有延安城管的暴力执法，看得心情不能不沉重。当然也可以说，这么大个国家，总有负面新闻，也总有偶发因素、纯个人的因素。不过个人感受,这些新闻事件还是反映出经济高速增长的中国社会机体里，带有令人不安的体制性疾病。中国是比过去富了很多，但富得很不健康，到处可见富态，也可见病态。

以高官贪腐案为例，涉案的金钱数目巨大，本身就够刺激。更要害的地方是，那可不是抢银行得手的巨款，而似乎是“正常工作”的副产品。“利用职权”能带出如此数目巨大的非法收益，不能不判定现行的职权利用体制存在着巨大的漏洞。仅办贪官，不改体制，老虎、苍蝇生生不息，没完没了。

一个国家粮库，一次过火面积就是几万吨存粮。网上议论，向着“天下粮仓”的方向去破案。究竟如何，要看调查结果，是什么就是什么。我不过以过去的经验推断，仓储存粮数目过于巨大，与价格机制被严重干扰总有某种间接的联系。现在财政对粮食的补贴，到每户农民头上的还不算多,但总量已经不小。这对粮食总供求当然有影响。不补贴呢，粮食生产和农民收入似乎都有麻烦——是为两难。出路之一,是适度提高粮食种植经营规模。为此需要进一步厘清土地承包权、发展农地转让权。就是说，需要土地制度方面的进一步改革。延缓地权改革，只靠粮食补贴，财政能力是一个问题，补来的粮食压库，社会成本过大，管理负荷过重，怕是过不长久的。

还有吉林那把大火，工厂里面工人在干活，但车间门被反锁，着火了人也跑不出来，活活烧死！经济发展当然要支持民营经济，但民营企业也一定要保障工人权益。这些不同权利之间的平衡，不可能仅靠各方自觉就可以自动实现，要有政府来充当履行市场合约的第三方。可是平时管东管西、查这查那的很忙，偏偏人命关天的环节就没检查、没监督。说此案暴露"政府缺位"，总不冤枉吧？问题是缺位了怎么着？用什么机制来监管政府，使之不再缺位呢？

管也不能用延安城管那样野蛮的办法。众目睽睽之下，身穿国家制服，跳脚猛踩小商户的脑袋——这样的官民关系，离"官逼民反"不很远就是了。说是"临时工"所为，可事发整整七天之后，延安城管局长才现身道歉。他到底忙什么去了？官员不忙正事，老百姓也奈何他不得，如此官制不改，就不怕国将不国吗？

联系到当下的经济形势，总特征是高位下行。老话说，"上山容易下山难"，就是下坡时容易出问题。很多的矛盾在高速增长时被掩盖，但往下行时，平衡的难度就加大了。所以现在论改革，还不是摆开架势做最优的顶层设计，或慢慢摸到石头再过河。很多问题久拖不决，正派生出更多的问题。我写过"接着石头过河"，就是挑战一个接一个飞过来，逼你出手招架。这是第一层次。

第二个层面，更年轻的人群成为社会的主体，他们对体制、政策以及自己所处环境的评价，有不同于上一代人的新参照系，也有他们对理想社会更高的预期。比如说，对经历过 1959 ~ 1961 年大饥荒、经历过人民公社、“文化大革命”的这代人来说，看中国改革开放之后的变化，再怎么说也觉得进步巨大。但是，对 80 后、90 后来说，他们的参照系生来就有所不同。他们生活在较开放的中国，对世界的情况有更多的了解，认为这个世界本来就应该是这样的、那样的，要是不达标，他们就不满意。

现在社会人口的主体，也就是产业结构中最活跃的人口，消费结构中最活跃的人口，文化活动中最活跃的人口，他们的参照系究竟是什么，他们的预期值又是什么？他们对社会公正、对现代文明的标尺是不是比过去更高了一点，对改革不到位带来的负面现象是不是觉得更不可容忍？要看到，中国经济总量已是全球第二位。也正因为如此，人们对自己国家的期望，就比过去更高。我们不能动不动就讲改革前怎么样，更不能讲新中国成立前怎么样，老靠“忆苦思甜”来维系人们的满意度。

一个国家有希望，一定是一代一代对自己社会的期望值更高，所以改革还要和正在成为主流人口的这些人期望值相匹配。要是改得过慢，跟不上年轻一代人对社会的期望，也会出问题，也可能让失望情绪弥漫，那就无从动员一代代人面对问题、解决问题。

第三个层面，现在很多制度性的变量改得过慢，老不到位，正在激发越来越多的法外行为、法外现象。现在很多事情，法律上说一套，本本上说一套，人们实际上另做一套。不少人不在法内的框架里，而在法外的世界里讨生活。

看到这类现象，人们习惯于批评中国人有法不依，没有遵纪守法的好习惯。这个问题存在。但有的情况下，也实在是因为我们不少的法，定得不合理。我举过一个很小的例子，民航客机落地时，广播里一定说请大家不要打开手机。可是前后左右，差不多人人都在开手机。可是搭乘香港国泰或港龙的班机，人家一落地就广播说现在可以打开手机了。我的问题是，要是落地之后开手机没啥不良后果，干吗不痛痛快快让大家开手机得了？这是说，有的情况下，改一改法或规章，不难做到有法必依。现在不少经济管制，或曰法规或曰政策，根本就很难执行，弄来弄去大家非得不守法，才容易过日子。

不少城市都有“黑车”，为什么？常常是“白车”经营的门槛过高、负担太重。凡白车服务不到的地方，黑车常常应运而生。再看所谓“小产权”，法律上没地位，现实中有市场。单单天子脚下的北京，有多少法外物业？还有早就过时的人口控制政策，催生了多少“黑户”？挺大一个小伙子，交谈几句就告诉你他是被罚了几十万元才来到这个世界的。他们对我们这个社会，会怎么看？金融改革讲“利率市场化”，讨论很热闹，可走近生活，哪种利率模式现实里没有啊？所以，法外世界很热闹，到处都是“中国式过马路”。

讲到这些现象，“小道理”盛行——这个不让碰，那个不让改。但似乎忘了一条大道理，那就是要让绝大多数人的绝大多数行为，在合法的框架里进行。在一个变化很快的社会，改革要提升制度化能力，也就是化解法外行为，把对他人与社会无甚损害的法外活动，尽可能地纳入法内框架。否则，越来越多的人另起炉灶，“不和你玩了”，那才叫最大的制度失败。

改革本来就难。站在当下这个时点，改起来更难。但是拖延改革，不是出路。现实的局面，改革不但要跟腐败或溃败赛跑，还要和越来越年轻的社会主体的期望值赛跑，并有能耐把大量法外世界的活动，吸纳到体制里来。在这三个方向上，要是跑不赢，大麻烦在后面。

作者博客：http://zqr.blog.ifeng.com/

（周其仁，北京大学中国经济研究中心教授、长江商学院经济学教授，现任北京大学中国经济研究中心主任。）

刘立群：德国为何只有“苍蝇”没有“老虎”？

博文地址：http://blog.ifeng.com/article/29794734.html

2013-08-22 16:09:12 | 浏览 204521 次 | 评论 176 条

德国人素以严谨认真著称，办任何事都一丝不苟、精益求精，例如众所周知德国产品质量上乘、有口皆碑。近两年在中国媒体及学术界频繁可见“德国式政治洁癖”一词，以此形容德国对其官员贪腐、不诚信或学术抄袭行为的极低容忍度，并认为这种“政治洁癖”与德国整体社会风气有关。德国社会以讲诚信为荣、视贪腐为耻，而以严谨著称的德国人对政治人物的道德审查更是严上加严。我们把揭露或大或小贪腐人物形象地称为“打苍蝇”和“打老虎”。以此来看德国政坛反腐和反不诚信的特点,则德国堪称只有“苍蝇”而没有“老虎”。为什么德国能做到这样？这可以从近年来德国政坛一系列贪腐或不诚信“大案”中找到答案。

一、德国政坛贪腐或不诚信“大案”

德国政坛贪腐或不诚信“大案”之首堪推 2010 年 6 月上台的德

国前总统武尔夫在担任下萨克森州州长期间试图通过私人关系获得房贷优惠，此事于2011年12月遭披露后他还干扰媒体报道，从而引发公众愤怒，最终不得不于2012年2月下台以平息民怨。他上台时年仅51岁，是最年轻的德国总统，此时又成为德国在位时间最短并唯一因涉嫌贪腐而下台的总统。另一桩“大案”的主人公是前国防部部长古滕贝格，1971年出生的他年轻有为，原本是人气极高的“政治新星”，且有可能成为默克尔的未来接班人，仅仅因博士论文“未充分交代引用来源”，非但于2011年2月被迫放弃博士头衔，且在重压之下辞去国防部部长桂冠并远走他乡、定居美国。

无独有偶，德国前教育和科研部部长安妮特·沙范原在德国人心目中享有很高威望，作为默克尔总理的密友也多次被高度称赞，其严谨、一丝不苟、兢兢业业的作风和形象深入人心，但就在2012年5月，她于1980年撰写的《人和良知：关于现今良知教育的条件、需要和要求研究》博士论文被人指认为涉嫌抄袭。尽管她的指导教授明确指出，沙范的论文“按照1980年的学术要求来说是完全符合规范的”(《莱茵邮报》，2012年10月16日)，沙范也始终未承认自己有抄袭行为，并对杜塞尔多夫大学做出收回她博士学位的决定向法庭提出起诉，但出于“如果一个教育和科研部部长在法庭上对一所大学提出起诉的话，会对这个部、对德国政府、对我所在的联盟党都造成不利影响”（沙范在联邦政府2013年2月3日新闻发布会上的声明）的考虑，沙范最终辞去部长职务。

以上三桩“大案”值得国人深思。从违规程度上说，这三位德国政坛重量级人物所犯的错误，在我们看来算不上了不起的问题，可以说只是“苍蝇级”而非“老虎级”。不过德国人却把“苍蝇”当作“老虎”来打,堪称“眼里容不得沙子”,他们因此不得不承认错误、表示歉意并辞去公职，甚至彻底退出德国政坛。也难怪中国媒体称德国人在政治上患有“洁癖”了。不过纵观德国政坛、媒体或公众意见，却并不把这种现象视为“洁癖”，并不认为这是对政治家道德品质的“吹毛求疵”或“过度审查”。对官员道德的严要求，对政坛风气的高标准，是深植在德国民众心中根深蒂固的认知导向。而这种认知导向或曰德国民众对政府官员的价值要求、道德品质要求，是长期以来逐渐形成的，从根源上来说，与德国的政治体制和国民思想道德修养有关。

二、制度建设与道德观

各项制度对于人类社会而言必不可少，其核心原则理应是公平原则与合理原则。制度与道德的关系是：道德问题主要涉及个人，而制度问题则涉及全局和整体。常言说“好的制度能使坏人变成好人，坏的制度能使好人变成坏人”。合理的政治体制应当能激励全体公民关心和参与公共事务，同时能够阻止出现较大不公平、不合理的事情。在制度较为公平合理且公民教育较好的情况下，多数人易于自觉遵守各项规章制度，并逐渐形成较好的道德观和价值观。一方面法律面前人人平等，另一方面对政治家的道德品质要求更高，因政治家是公共人物，必须接受民众的监督。

德国政治体制是“政治洁癖”的前提和保证，使人民能够最大限度地参与到政治事务中，并通过选举权、发言权等影响政府官员的行为模式。多党制使党派之间形成互相监督的关系，规范政府官员作为。对德国官员进行监督的不仅只有人民，还有来自于不同党派的力量。反对党的监督毫不留情和近乎苛刻，客观上对保持政坛洁净利大于弊。尤其在竞选期间,各党派之间的“选举战”如火如荼，任何丑闻都会被拿来大做文章，并作为攻击其他政党的武器。这从客观上使各党派不敢庇护犯错的官员，以免影响到整个党派在民众心中的威望。因此矛盾通常不会积累太多、太大，经常会出现比较小的危机，但大多都能及时解决，一个政党执政不力便由另一个政党上台。即使在官员已退出政治舞台之后，一旦被发现在任职期间违规也会被反对党穷追猛打。

严谨的规则体系和立法使人们自动按照规则行事，使得德国在治理官员腐败上有法可依，惩处得当。一方面，德国把廉政法制建设纳入整个国家的立法体系，另一方面则力图将立法做到严密具体。德国反腐败的主要法律依据是《德国刑法典》，1997 年 8 月 13 日德国联邦议会还通过了作为修正案法的《反腐败法》，提高了贿赂案的量刑幅度，对公职贿赂罪制定了从重处理的情况等。此外，德国社会对诚信的规范力度也非常之大，即使对普通民众，一旦发现学术造假、偷税漏税、伪造信用记录或其他“不道德”的行为，都会受到一定惩处。德国反贪腐的防火墙已筑得很高，社会对贪腐和违规行为的容忍度很低，社会矛盾整体也较为缓和。在人人都严于律己的情况下，对官员违规行为的容忍度自然大大降低。

三、德国国民思想道德标准是“政治洁癖”的核心

政府作为公共权力机构是为国民提供公共服务、解决公共问题的。在德国，这种“政府是公权力机构”“官员是为人民服务”的认知相当普遍。人们对于政府官员没有所谓“崇拜”或觉得他们“高高在上”，而是认为应更严格地监督他们，以使他们更好地为公众服务。在德国的媒体上鲜有看到为政府官员歌功颂德的文章，而更多的是夸张的漫画、尖刻的评论、直接的意见。因此，各大媒体对于官员行为的监督，以及对于民众意见的引导作用是不可忽视的。最近几次德国官员落马，便都是由《明镜》周刊或是其他报纸首先爆出，再出现相关跟踪报道的。

既然政府的作用是提供公共服务，是堂堂正正、光明磊落的，那就没有什么事情不能告诉国民，这就要求公共权力机关的各种活动应当尽可能公开、透明。充分进行民主协商加上进行民主投票是可以普遍实行的政治决策方式，这也要求所有政治行为应尽可能公开透明。不管是多么位居重位的官员，在被民众怀疑是否犯错时，都放下手边的事务，面对面地接受质询，直至平息民众的不满为止。对于官员犯错，没人会认为“他们日理万机、才能出众，因此允许出一点小错”，而是“作为被人民选举出来的政府官员，应该更清楚如何约束自己”。

德国政坛领袖大多拥有博士头衔，现政府16名内阁成员有10名是博士（英美等国政府则无此情况），一方面说明其教育水平和综合素质相当高，另一方面也易于造成沽名钓誉的倾向。在德国对于学术犯错的容忍度非常之低，这与德国对教育的尊崇和对知识产权的弘扬是分不开的。“教育强国”的理念深植德国人心中，他们非常尊重学

者和知识分子，因此对这个身份进行抹黑的行为令他们难以容忍。他们极其重视学术研究的规范和严谨，认为这才是德国科技领先于世界的根本。即使在目前欧债危机、各国实行紧缩财政的大背景下，各党派为今年 9 月大选出台的竞选纲领都明确指出，不能缩减对教育的投资，应鼓励科技创新、保护知识产权。

这就是说，在德国是见"苍蝇"人人喊打，"苍蝇"无处藏身，"苍蝇"还没有来得及变成"老虎"就已被消灭，因此只有"苍蝇"而没有"老虎"。这说明反腐的关键是公开透明，让公权力在阳光下运行，较小的错已揭出，便不可能再犯更大错误，因此德国很少有较大的贪腐案件。只有多管齐下，既要加强个人道德品质修养，也要完善和加强制度建设和监督，才能铲除腐败产生的土壤。对我们来说，还要破除"家丑不可外扬"、"刑不上大夫"等旧观念的束缚，牢记"小洞不补大洞吃苦"、"千里之堤，溃于蚁穴"，防微杜渐，对官员、对社会都善莫大焉。在这方面，德国的许多做法可资借鉴。

作者博客：http://liuliqun.blog.ifeng.com/

（刘立群，北京外国语大学德语系教授；李微（本文第二作者），北京外国语大学德语系博士生、北京科技大学讲师。）

加藤嘉一：我在美国所发现的中国

博文地址：http://blog.ifeng.com/article/31430160.html

2013-12-20 11:07:13 | 浏览 558130 次 | 评论 606 条

一

2012 年的夏天，暂别中国大地的我，踏上了美国波士顿的土地。这是我人生中第一次在美国生活，一无所知，就像 2003 年的春天自己第一次踏上北京的土地时。时光已过十年，两者在我记忆里却是一贯的，分不开。这是我的状态。

飞往美国的几个月前，我开始找居住的房子。我在波士顿不认识任何一个人，就只好间接地找。我毫不犹豫地通过中国的人脉找到在哈佛工作的一名中国先生，具体协助我在哈佛开始生活的是在哈佛读书的一名中国女子。到达的那一天，他们专程来接我，还在哈佛广场请我吃饭。这或许是在华十年的积累，很温馨，与十年前第一次抵达北京时截然不同。

后来在哈佛读书的一个日本学生问我："你那房子是怎么找到的？"我说："是两个中国朋友帮我找的。"他无意反应："中国人？！

为什么？”我有意回应：“不为什么。那是自然。”

与两个中国朋友分手，安顿下来后，一个人溜达溜达，我进了一家室外啤酒屋。在北京生活期间，我经常买一瓶啤酒，在街上边走边喝，边喝边想，那一次也习惯性地把一杯啤酒买了之后带出去，喝了一口波士顿当地的 Samuel Adams，特别爽快。一个人喝啤酒是我人生中少有的快乐的瞬间。

下一刻，突然有两名白人警察走过来，略有气愤地对着我说：“小伙子，你在这里干什么？”我不是没听懂他们说的英文，而是没有理解他们表达的意思。

我把自己在北京生活期间遇到的这样或那样麻烦时老用的口头语拿出来，保持冷静对着他们说：“怎么了？我违法了吗？”

他们俩互相看了一眼,带着微笑却严肃地对我说:“是,你违法了。”

我吓了一跳，瞬间在脑子里产生了许多恶性想法：“才第一天，我就被捕了？”

后来才知道，在美国，在公共场合喝酒是违法且要受罚的。我一边被指责、被调查是谁，一边看着周围环境，发现很多行人边走路边抽烟。我跟警察先生说：“他们抽烟是可以的吗？那样也危害公共环境吧？”

他们大笑，逗着我说：“那是可以的啊！”

他们说这是法律，是不可以违反的。我在中国期间学会了讨价还价，或随机谈判的技巧（这是我在日本的 18 年期间内想都没想过的），便礼貌客气地对他们解释说：“警察先生，很抱歉，这是我抵达波士顿的第一天，对这里的规矩一点都不熟悉，从今晚起我一定会注意的，所以请原谅一次好吗？”

他们互相看了一眼，带着一言难尽的笑容，似乎放弃了对我的调查与惩罚："好吧，就这一次哦，你记住这次的教训，祝你在美国愉快。"

竟然通过了……我小心翼翼带着啤酒回到住宿的地方，坐下来，慢慢沉思："我是到了美国，这里已经不是中国。两个国家是不一样的，需要调整思维，更换状态。但刚遇到的场合，也有点像中国……"

带着莫名其妙的感觉与对中国的一点怀念，我从中国来到美国的第一天就这样过去了。

二

2013 年 7 月 4 日，美国的国庆节。

我在波士顿，跟平时一样沿着 Charles 河边跑步。

我突然被堵住了。路被封了，我问警察先生凭什么，他说是“因为国庆”。我心里想：“哦，在美国国庆的时候路也被封的。”我却没想太多，这是生活，而非政治。

我就绕着路从剑桥区过河跑到波士顿区。蓝天与白云，到处能听到庆祝的枪声（非鞭炮），我内心进一步产生“这里是美国，而不是中国”的声音。在河边遇到了我很熟悉的一家日本人，孩子们也在。我对夫妻表示问候，孩子们则正参与国庆活动，他们正好唱国歌，唱的是美国的国歌，还把右手紧紧贴在胸部上。

他们唱完国歌，到我这来说声你好。我表扬长子说：“你会用英文唱美国国歌啊，你的右手很酷，很地道哦。”在波士顿的公立学校上小学的他（12 岁）有些害羞地对我回答：“哦，每天早上在学校里要唱的，自然就记住了。”

祖国的小孩子正在异国他乡融入当地的国情与文化，我感到欣慰，同时产生了强烈的好奇心，于是就问他：“你觉得，你的同学们爱自己的国家吗？”

比实际年龄成熟很多的他（他父亲说孩子到美国之后变得格外成熟了）琢磨了一下，然后点着头说：“嗯，他们很爱自己的国家，自然地爱。而且，我觉得，美国人不像日本人，不随便骂总统，因为总统是他们自己选的。”

本想进一步追问：“在日本，首相也是我们自己选的啊，虽然不像美国那么直接。”但决定算了，我从他的观察与姿态已经学到了很多，就不要为难他了，我非常满意地离开了他们一家人，继续跑步。

在我看来，美国社会看得见摸得着的特征之一就是国旗多。不管是平时还是非常时期，国旗无处不在，无时不有。当地居民既在乎又不介意，自然却刻意地面对与国旗共存的现实。而且，美国人在国歌与国旗面前的态度似乎是战略统一的，至少我接触过的人里面没有一个人对此持有消极或负面的态度。他们就是认为自己的国家很伟大，值得认同和敬仰。

不过，如此张扬“国家的伟大”，我这个日本人觉得有些夸张而过分，而且有些不习惯，甚至不顺眼。由于“二战”期间“国家主义”失控的惨痛历史，活在当下的日本人对国歌与国旗的态度是复杂而谨慎的，至少做不到自然地加以接受。当然，日本国内对国旗的态度与美国截然不同，是分裂的，所谓“右翼势力”主张要弘扬“国家”，进步派（左派或自由派）知识分子和企业家则持有谨慎的态度，更多主张与包括中国在内的国际社会和谐共处，少提爱国，多谈国际，认为在“国”字面前有必要谨慎一些、低调一些、克制一些。而广泛的老百姓在“国”字面前也比较被动或消极，这也与“二战”后遗症密不可分，他们从来不相信政府是对的。

三

想想中国的情况。依我的经验，中国街头的国旗远远没有美国多。在天安门、党政府机构、边境等关键的地方都有国旗挂着，但谈不上夸张或过分。中国人在“国”字面前的态度既不同于美国，也不同于日本，却包含着两者的成分。美国与中国毕竟是所谓的大国，统治那么大的国家就需要依靠国旗来弘扬国家的伟大，两者“我是美国人”或“我是中国人”的自我认同依我观察是外向型的（日本人则是内向型的，把“我是日本人”的自我认同感放在内心里，不轻易去表达）。

与此同时，中国国内对国旗的态度远远达不到美国式的“战略统一”。左派知识分子强有力主张中国的进步与模式，强调中国就是特殊的，走自己的路就好，其国家建设过程绝不应该被西方社会等外界所影响。右派知识分子则更多主张中国应该参照西方社会“先进”的制度文化，而不要强调“中国特殊论”。而广泛的老百姓对“国”字的态度在我看来是被舆论阵营和国内外环境所操纵的。例如，中国政府在领土或历史等问题上对日本表示抗议时老百姓的神经被触动，主张“日本太坏了，中国加油！”抑或欧美社会因经济危机陷入困境时老百姓的神经也被触动，主张“欧美太差了，中国才行！”虽然民族主义不断高涨，但老百姓似乎不是自然、主动地认同中国的国情与体制，更多的是被动回应式的。

2013 年 10 月中旬，我从美国回了一趟北京。在街上走走路，感受一下北京的政治气候。走到东三环边上的国贸附近，我望到了“永远跟党走”五个字。在北京生活的 2003 ~ 2012 年期间，我在街头上没有看到过“永远跟党走”，顶多是常听“听党指挥”。那五个字或许存在过，只是我没有见到。

来了美国一年多，迄今为止，我所发现的美国社会最漂亮的政治安排就是爱国主义与个人主义的有机结合。如前所述，美国公民对美国这一“国家”的认同度与忠诚心是毫无动摇的，唱着国歌，举着国旗，365 天，24 小时，都心甘情愿地去接受“国”字。但这一注重“爱国”的风气却不造成对个人主义的忽略与压制。美国人的公私观是清晰的，什么是公，什么是私，该参与的公共空间，该保护的个人空间，两者之间的界限在哪里，每一个公民都有着很清楚的认识。比如，我在美国跑步的时候（尤其在乡下），要格外注意，要慎重确认自己跑的是否是公路，要是私人的土地就麻烦了，人家判定我在侵犯他的私人空间，就会试图举报。

日本社会是特殊中的特殊，对于爱国主义与个人主义，都不太重视，甚至有意忽略。爱国主义自然与“国家主义”联系在一起，国民就倾向于避谈这些。由于日本社会由均等下的集体主义构成，个人永远服从于社会，“尊贵的社会先生”（社会至上主义）凌驾于一切，国家与个人也好，爱国与人权也好，都要听社会的话。

美国还是美国。一方面能够那样地热爱祖国，另一方面能够这样地重视个人。美国人凭什么能够做到两者的辩证统一，将两者视为相辅相成的产物，还不令人觉得不自然，我至今没有答案，只是觉得很神奇，就继续探索其背后的理由和逻辑。

四

2013 年 8 月下旬，我第一次去美国南部旅行。先从波士顿飞到原为法国的殖民地——1812 年才成为美国领土的路易斯安那州最大的城市 New Orleans（新奥尔良）。从机场坐公交车到市内，不论机场的工作人员还是路上的劳动者，显得没那么勤奋，宽敞的路上明显感觉到经济的不景气，感觉很空。商业街的店里没什么客人，服务员也闲着，我进去也没有被理睬，许多人在“胡同”里打发时间，似乎在“下岗”中。路上大多数是黑人，使我无意中紧张起来，在一个特定的环境里，我真从未见过那么多黑人。从早到晚，尤其在市内主要的景点 French Quarter 地带到处都是警察，来到美国正好一年，我看着眼前的情景第一次想到了很熟悉的一个词：维稳。

一边走路，一边观察当地的社会生态，发现不管是白天还是晚上，不少人在街上喝酒，而且在美国著名的连锁便利店 CVS 也卖酒。波士顿的 CVS 是不卖酒的，而且据我的亲身经历，街上喝酒是要被惩罚的。

我在街上向巡逻中的警察先生打招呼：“你好，我是从波士顿来的游客，我想问一下，这里街上的公共场合喝酒是被允许的吗？”警察先生稍微想了一下，他回答说："我们希望市民不在外面喝酒，我们也不鼓励，但这最终由他们决定，管理自己。"

暧昧的回答并不意味着不清晰，只是表明有灰色地带存在着。我看着那些街头没事干却走来走去的黑人的表情与动作，胡思乱想："这可能是这里的维稳模式吧，黑人的文化教育水平整体来说还比较低，自上而下的管制有时反而造成更多的社会不安。"

后来，2013 年 11 月我去芝加哥出差的时候发现，位于芝加哥的日本便利连锁店 7-Eleven 是卖酒的，而我平时生活的波士顿 7-Eleven 是不卖酒的。这是因为两个州的法律不同。美国人的生活法律顶多取决于州政府，而不归结于联邦政府。

遇到这种场面时，我才切身体会到美国是一个联邦制国家，牵涉到公民生活的法律是由州政府来制定的。美国人大概认为，国家这么大，人口也不少，又是如此多样化的移民社会，从早到晚，什么变化都有可能，什么人都有，什么价值观都有，地方特色也五花八门，那么，由位于华盛顿的"中央政府"来控制全国各地的游戏规则与生活方式本来就不可能。到了美国，我才明白，联邦制对美国政治经济社会来说是一个底线，即为了良性治理这个社会而起码要做到的制度安排。

回到哈佛大学，我把这一在美国南部的感受跟一名政治学教授分享了一下。他回应说："哦，你去南部了，这是对的，那里也是美国历史的一个缩影，只是待在波士顿，你是无法了解美国的。"是的，白人多、富人多、贵族多的波士顿在某种意义上是最不像美国的美国。

紧接着，我问了一个所谓的"敏感"问题："对了，教授，美国每一个地区，每一个州的州情与法律都是不一样的，联邦政府也给州政府很大的空间和权力，别说行政权，连立法权都赋予了。当然这是有效、有机、长远统治这个社会的需要，但白宫方面会不会担心分离主义呢，有些边缘化了的州搞独立运动什么的？”

教授带着笑容和“拿你没办法”的语气回答说：“生活在每一个州的人既能够享受作为美国人的自由与安全、民主与权利，还有尊严，同时也能够根据自己所在的地方特征进行自治，为什么要分离呢？若不这样做，他们才要独立呢。”

2013年春天，我去过浮在加勒比海的美国自治邦波多黎各。记得，它是以“国家”的名义参与包括棒球在内的国际体育赛事的，也有自己的“国旗”，但它实实在在是属于美国的领土。地理位置处于加勒比海区，属于美利坚合众国，但人们的生活方式、行为规范、语言习惯等是拉丁式的，更接近拉丁美洲的文化。

在波多黎各“首都”圣胡安，我跟当地认识的一名中年女士分享。她毫无禁忌地表达自己的看法：“这也是一种国家存在的方式嘛，波多黎各人知道依附于美国有很大的好处。虽然我们不能够参与投票选举美国总统，这点有争议，但华盛顿也给了我们很多自由的空间，妥协一下就好，我觉得现在是最好的状况。当然，我们都自认为是波多黎各人，而非美国人。意志的自由是被上帝赋予的。”

不仅是波多黎各这样名副其实的“自治区”，一般性的州的大街上也能够看到美国的国旗和各州的州旗同时飘在空中的情景。美国人在经营生活的过程中似乎早就习惯了拥有“两个领导人”的政治形态，不去质疑，成为共识。毕竟是政治，总会产生这样或那样的矛盾，包括在中央与地方之间、富人与穷人之间、白人与黑人之间、居民与移民之间……但据我观察，美国今天的政治形态包容了“最大多数的最大幸福”，“美国人”大致认为这一治理模式是最可持续的、和谐的、科学的。

五

2012年11月6日晚，奥巴马先生再一次当选为美国总统的那一刻，我在哈佛大学肯尼迪学院的大厅里，跟同学们一起观看大屏幕。除了美国当地的学生，住在附近的波士顿市民之外，至少三分之一左右的观众是外国人，包括我本人在内。奥巴马阵营表现得很漂亮，可称为“大胜”，奥巴马总统确定连任的那一刻，大家都统一节奏大喊“USA！ USA！ USA！”我也不知不觉地被卷入其中。美国人和外国人都为奥巴马的连任感到兴奋，超越国籍、种族、性别、年龄、背景等，为美国加油。政治原来是有活力的，那一刻，我才第一次体会到美国作为移民社会走出过去、走到今天、走向未来的根本原因。

在此之前，我也到投票现场观察波士顿居民是如何参与政治的。早晨8时，街上到处都能看到“VOTE（选举）”这一名副其实的政治宣传口号，有许多高个子的男人举着牌子呼吁支持某某，向某某投你的一票等。我在剑桥区和波士顿区逛了三个投票现场，排着很长的队，不少人应该是上班之前抽空过来投票的。他们的表情很认真，很严肃，我靠近在寒冷的天气下排队中的选民，主动表示自己是一个日本人，来了解美国投票现场是什么样子的，聊聊天。他们给我解释“投票很重要”、“今日将被称为美国政治史上重要的一天”、“奥巴马是美国人的希望”、“我特别高兴能够来投票”等，没有什么格言，选民们想得也比较简单，但从他们的表情和气息，我确实能够感觉到他们做选民的自觉、做公民的欢乐，以及做国民的自豪。他们许多人是抱着“我的一票将改变美国的历史和未来”的立场来到投票现场的。

游走于美国社会的过程让我发现，在这里，政治是生活化了的碎片。居民只要发现了什么，感到了什么，有什么受害了，马上把想法转换成行动，集会也好，游行也罢，自下而上地组织活动向社会传达自己的声音。媒体，以及决策者也密切关心这些草根声音，投票则是其中最为规范化了的程序。只有政治归生活，看得见，摸得着，公民才会有自觉、欢乐，以及自豪感，并下决心参与社会变化的动态过程。对我这个日本人来说，28 岁来到美国，才第一次体会到政治的本质。

2013 年 1 月，我在佛罗里达州迈阿密海边的古巴餐厅吃饭。给我服务的中年女性是从黎巴嫩移民过来的。我们聊了一会儿天之后，我冒昧地问了下她：“你当时是怎么移到这边来的？”她想都没想，把眼睛放大，说一句：“小伙子，怎么过来不重要。只要踏上美国的国土，你就是美国人。”

六

2013 年 10 月，我回北京期间，美国政府因财政问题而正陷入政府关门的危机。有一天，我跟一名官员交流，正好聊到美国政府关门一事。我是第一次听到“政府关门”的情况，表示奇怪，对方则带着嘲讽的语气说：“对啊，我们本来要跟美国方面开会的，结果对方说因政府关门抽不出买机票的钱，我靠，怎么会发生这种事呢？我善意地说中国方面要不要帮你们解决出行费用，对方坚决拒绝，我就没办法了。真是的，美国哪里是发达国家啊！”

后来，我回到美国之后，跟曾担任过政府官员的哈佛教授分享那位中国官员的表态。教授很严肃地回应说：“他表示失望是对的，美国的政府不应该那样轻易关门，要考虑我们在国际社会上的利益和信用。不过，从另外角度说，我们的政府至少可以关门，有门关。中美都应该相互学习彼此的优点。”

对于中美双方官员的看法，我不进行任何点评，我从来都认为，在地球上生存的人类共享普适的制度与价值观的前提下，政府的存在方式本身是没有好坏的，可以多样的，至少在17世纪诞生的主权体系迄今为止依然盛行的时代，每一个国家应该从自己的国情、历史、观念等角度寻找适合自己的政治体制、经济模式，以及社会结构，而不要停留在“主义”上的顽固与挣扎。人类社会早就进入“后主义”的时代了。

政府的治理模式是一回事，公民的生活方式又是一回事。如前所述，我从美国公民的政治态度与参与法得出“在美国，政治归生活”的初步结论。那么，对于中国人来说，政治到底意味着什么？这才是我真正关心的问题。

我上次回京期间，移动手段基本使用地铁与公交车，看着乘客们的表情和动作，有的聊天，有的看手机，有的吃东西，有的睡觉，有的带着情绪忍着，有的在上下车时发生争执……

中国不少人士呼吁自由民主，要实现真正现代化，令人欣慰。然而，至少从看得见摸得着的公共场所观察（街头才是民主的后花园），我得提出一个疑问：在转型中的中国正在形成“主流”的老百姓，尤其是生活在城市的公民候选人们真的有决心由自己选择自己的未来，参与社会，创造市场，制定规则，而不盲目依附于“皇帝”了吗？

在这里，请允许我根据九年半在中国，加上一年半在美国的经历，对于中国人和美国人的社会生活状态勾勒出三个基本特征：中国人——累、忙、快，美国人——乐、闲、慢。我也从中国人和美国人的交往过程分别又关联性地发现，美国人很少谈过去和未来，而集中过好现在，中国人则总被过去与未来绑架，而过不好现在。

七

2012 年夏天来到哈佛之后，我用大概一年的时间专门研究了中美关系的实质，尤其从美国战略家们如何看待中国崛起的视角观察东亚的地缘政治经济走向何方。在哈佛，除了出国留学的精英之外，还有大量政府高官、大学教授、企业家等经常过来进行中短期的访学和培训。几乎每天都有与“中国崛起”相关的，抑或它所造成的问题有关的讨论会。那些高官或教授不仅让美国人看来，连我都感觉到是“代表国家”的，因此说话特别谨慎，甚至比国内还保守，怕在境外出问题。

反正，我在哈佛切身体会到“中国”在走出去，美国当地的师生们对“中国”也颇有兴趣，就主动地给中国人打招呼，进行交流。我一方面是跟着这一战略趋势，我在中国将近十年的经历是一块福利，能够给自己带来围绕中国问题与西方学者拉近距离、走进圈子的机会，但另一方面作为一个日本人，看到“日本”在哈佛的影响力和号召力逐渐衰退，心情有些复杂。

美国著名中国问题专家沈大伟 (David Shambaugh) 在最新著作 *China Goes Global-The Partial Power* 里明确表示，中国当前及在未来一段时间内将处于一个“局部力量”(partial power) 的状态，“倘若中国要成为美国那样在经济、外交、安全、治理以及其他领域具有综合力量和全球影响力的超级大国，依然有很长的路要走。随着时间的推移，中国可能会获得这些特点，但在这之前，中国必将是一个局部力量”。沈大伟的言外之意是，中国的实力依然有限，短时间内不足以对美国构成威胁。

卡特政府助理国务卿、克林顿政府国家情报委员会主席和助理国防部长，“软实力”(Soft Power) 概念的提倡者小约瑟夫·奈 (Joseph S. Nye Jr.) 最近一直提倡“Only China can contain China（只有中国才能遏制中国）”的论点。他今年 1 月为《纽约时报》撰文《不要遏制中国，要和它合作》（*Work With China, Don't Contain It*）指出：“应对一个崛起的中国，遏制根本就不是一个合理的政策工具。实力的意义就是能够获得想要的结果。有时候，美国与别国合作时，比单纯压制别国时，实力更强。”

这也是我到美国一年来始终感觉到的美国战略家观察中国背后的潜意识。用我自己的话概括出来就是：“美国依然强大，世界需要美国，美国的地位关键在于自身具有渗透性的实力与具有普世性的价值观。”

我体会到这些对决策层颇有影响力的美国战略家的态度与看法之后，感觉到能够通过自由民主的讨论不断发现自己、调整自己、重振自己的美国还是充满活力的社会，作为一个日本人，也深感，今天日本需要的正是这样的讨论空间与政策环境。美国战略家比日本战略家高明多了。他们站得高，想得深，看得远。

2013 年 9 月 10 日，我在哈佛大学校园内参加了小约瑟夫 · 奈教授的演讲。主题是“美国对中国与日本的战略”。作为“软实力”的提倡者，奈教授在演讲中介绍中国的官员经常向他问“如何提高软实力？”这一问题。他的回答很简单，就是“放松（Relax）”。

中国社会真正“放松”的时候才是中国崛起的真正开始。我相信，那一刻，才是约瑟夫 · 奈教授等美国战略家们要真正出冷汗，开始着急的时候。在这个意义上，提倡“让市场在资源配置中起决定性作用”无疑是好消息。因为，市场化才是使得中国社会“放松”的前提，在资源配置中政府起决定性作用的社会是不可能放松的。在万众聚焦的“2020 年”这一关键时刻之前，中国高层在多大程度上下决心推动市场化，中国社会在何种程度上得到放松必将影响中国的未来，以及中国人的命运。

我是坚决认为，只要中国社会得到在国际社会上普遍意义的、正常的放松，中国人的想象力和创造力是前途无量的，无论是经济指标、城市建设、教育水准、文化作品、学术成果、市场活力、品牌建设、企业水准、对外交流、媒体报道等等，都能够达到让全世界感到震撼的境界。那个时候，中国会开始改变世界。

作者博客：http://blog.ifeng.com/1261366.html

（加藤嘉一，出生于日本伊豆，中文专著有《以谁为师：一个日本80后对中日关系的观察与思考》《中国,我误解你了吗？》《爱国贼》《我在中国的那些日子》等。）

徐贲：他们以为他们是自由的

博文地址：http://blog.ifeng.com/article/31578660.html

2014-01-06 08:51:03 | 浏览 42862 次 | 评论 19 条

我们需要有人像迈耶那样为我们写一本记录普通人常识和小人物自我意识变化的微型社会学历史。

米尔顿·迈耶的《他们以为他们是自由的》是一本写作于 20 世纪 50 年代，于 1966 年再版的老书，作者在书里记录了他于“二战”后与 10 位德国纳粹“小人物”的交谈和交往。读中译本，对书中小人物的自我意识有一种似曾相识的感觉，他们以为自己是自由的，便是这种自我意识的一部分。

这 10 位德国人之所以是“小人物”，不仅因为他们都很平凡，地位低下，见识不高，而且更因为他们时时都觉得自己是小人物，永远在用小人物的眼光打量他们的生活世界。对身边周围发生的事情，他们满足于小人物的理解，如果他们有所期待，那也是安分守己，与小人物身份相符的期待。他们是凭着小人物“常识”生活的人——什么安全、什么危险、什么对自己有好处、可以或不可以期待什么好处、该与谁亲近或疏远、如何摆正与元首和党的关系等等。

然而，迈耶的记录同时又让我们看到，他们对身边的某些事情也会有“不对劲”的感觉。不过，由于他们的自我感觉始终在提醒自己不过是小人物，所以不对劲的感觉并不太搅扰他们，他们反而会疑心是不是自己有什么不对劲或弄错了的地方。知足常乐和守住本分使得他们能像他们的小人物邻居、熟人一样，安安稳稳地过那种他们认为“还不算太坏”的生活。

一、“自由服从”的小人物

在这10位小人物中，有一位希尔德布兰特先生，是一位教师，“在社区里有那么一点儿重要地位”，他也和那些当裁缝的、做木匠和面包师的、收账员、高中生、失业的银行职员、警察一样，一再地说“我们是小人物”。在希特勒统治时期，教师享有特殊的社会地位，他们是最配合纳粹的职业人群，至少公开的表现是如此。许多教师以前是社会民主党人，摇身一变就成了纳粹党人，当时流行这样一个挖苦教师的段子：“什么是最短的时间单位？答案是，教师改变政治忠诚所需要的时间。”使教师变成纳粹党的人，变成听从党使唤并致力于在学校里从事党国教育事业的党民，这是纳粹实现党国主义教育一个重要条件。

这10个人中，教师希尔德布兰特是最有知识的，他是唯一了解非纳粹式民主的。但是，他也还是同其他9人一样无法摆脱纳粹的思想影响。迈耶记叙道：“甚至他在那时也相信，而且现在仍然认为纳粹主义纲领和实践的一部分属于‘民主的一部分’。其他9个人，正派、勤劳、智力平常和诚实的9个人，他们不知道1933年到1945年之间的纳粹主义是邪恶的。现在他们也不了解它。他们曾了解到或现在知道的纳粹主义，和我们曾经了解到和现在知道的不一样。他们生活在它的统治之下，服务于它，更确切地说是创造了它。”

小人物是一个自愿服从者的社会角色，小人物的心态使他们有了服从精英（“大人物”）领导的充分理由。“当‘大人物们’，比如兴登堡（Hindenburg）们、诺伊拉特（Neuraths）们、沙赫特（Schacht）们，甚至是霍亨索伦（Hohenzollern）们都接受了纳粹主义，那么，小人物们就有了正当和充分的理由接受它。西蒙先生，即那位收账员说道：‘对他们来说是足够正当的事物，对我们而言当然也是足够正当的事物。’”正因为他们的服从是自愿的，他们以为自己是自由的。

小人物是凭常识生活的人，“他们思考的不是那些非凡的事物，而是他们日常生活范围内眼见的事物”。决定他们政治态度的是对衣食住行的平常需求。他们不是不知道纳粹和希特勒实行的是一种独裁统治，可那又怎么样呢？“一种独裁统治？是的，当然是一种独裁统治，像我们父母知道的那些传说中‘黄金时代’的统治一样。……极权统治？那是胡说八道。”面包师韦德金德说，他相信国家社会主义（纳粹）是“因为它承诺解决失业问题。而且它做到了”。他也承认自己从未想象到它会导致的后果，“没有人会想象得到”。

对他们来说，重要的是他们确实从纳粹统治得到了“实惠”。“现在，他们回顾过去仍然……把纳粹时期视为他们生命中的最好时期；人们活着是为了什么呢？有工作和保障，孩子们有夏令营。……当家庭的事情变得更好，有稳定工作时，一位丈夫或父亲还想知道更多的事情吗？”只要日子过好了，他们对外国人怎么评价德国发生的事情不感兴趣，这10位德国人中有9位不曾去过国外游历（战争期间除外）；他们不了解外国人，也没有阅读过外国报纸杂志。“在收听外国广播合法时，他们不曾收听过；当不合法时，他们也没收听过。……他们对外部世界没有兴趣。”他们关心的只是如何过好自己的小日子。

元首和他的党都需要普通人的小人物意识来集聚自己的政治力量，因此，希特勒总是在贬低或诋毁大人物，造大人物的反，显示只有他才是小人物的代表和救星。普通德国人都觉得元首本人也和他们一样曾经是小人物，10位小人物都同意，“元首在贬低大人物的同时，提升了小人物的地位。为争取选票而哗众取宠的持民主立场的政客和表现得过度亲民的人们做着同样的事，但如果由一位专制的统治者来做，就会更为有效”。

希特勒是小人物心目中的当然领袖，这也是他们的政治常识，迈耶记叙说：“甚至在今天，我的10位朋友中也没人把道德邪恶归因于希特勒，尽管他们大部分人（事后）都认为他犯了即使他们自己在当时也可能犯的致命的战略性错误。”希特勒的最大错误在于用人不当和受坏人蒙骗，“他最大的错误是对顾问的挑选——他们都假惺惺地称颂元首轻信和忠诚的德行”。小人物是用父母和子女的关系来理解希特勒与自己的关系的。迈耶透视了这种常识的本质，“我们把我们的信念确定在一位父亲式的人物身上……我们必须确保信念的稳定性，直到有不可宽恕的错误（一位父亲、母亲……的什么错误是不可宽恕的呢？）瞬间且彻底地摧毁了他”。对于小人物来说，摧毁伟大领袖就像摧毁自己的父母一样不可思议，完全在他们的理解力所能企达的常识之外。这是因为，伟大领袖“这个人物代表了我们自己的最好自我；那是我们自己想成为的样子，而且通过认同作用，我们自己就成了那个样子。除了要销毁不可宽恕之错误的证据外，任何对该人物的放弃都是在暗示自我有罪，都是对一个人的最好的和未实现的自我的自我控诉”。

德国哲学家费尔巴哈说，是人出于自己的需要，按自己的本质创造了神，这话更确切地适用于小人物心目中的伟大领袖，即使在领袖给小人物带来了无穷灾难以后，他们仍然会给他建纪念堂、竖雕像或是修供奉的庙宇。不仅是小人物，就连有些学者也对领袖有这样的心理需要。迈耶的一位德国学者朋友对他说：“独裁统治和它形成的整个过程，在很大程度上转移了人们的注意力。……生活在这样一个历程之中，人们绝对不可能注意到独裁统治……除非一个人的政治意识和敏锐性比起我们大多数人高出许多。”不幸的是，绝大多数人（包括许多学者）的政治意识和敏锐性都只是停留在普通人的常识水平上。

二、小人物的选择性关注

但是，身为小人物的德国人也有因为常识而感到有什么地方“不对劲”的时候。他们都知道，到别人的店铺里去抢东西，不管是谁开的店铺，都是不对的，不是因为法律这么规定，而是因为人们有“人同此心”的常识良心。这就像“文革”时的打砸抢，尽管对象是“坏人”，初干这种事的人还是会觉得良心不安。迈耶提到了这样一则报道，一群孩子在从一家玻璃被砸的犹太人的糖果店中搬运几大袋糖果，而一群成年人，包括一些孩子的父母（也包括穿着褐色衫围成了一圈的冲锋队队员）站在一边看着。“有一位老人,一位‘雅利安’老人走了过来。他看着这些举动，而后转向了父母们并对他们说：‘你们以为你们是在损害犹太人。你们不知道你们在干什么啊。你们是在教孩子们偷盗。’那位老人走开了，父母们冲入人群，从孩子们的手中拍掉糖果，拖着哭闹的他们离开了。”不仅抢人店铺的行为有悖常理，有责任制止却站在一边袖手旁观的也同样有悖常理，小人物未必有“国家暴力”的观念，但看到“冲锋队队员只是站在那儿，没有进行干预”，不能不有本能的不安和“不对劲”的感觉。

小人物对小事远比对大事敏感，他们可以用经验常识去感知和把握小事，而对大事却无法如此。小人物对周围事件选择性地关注，柴米油盐、名人绯闻比公民权利遭受侵犯更受关注，在德国和许多其他国家都是这样。他们对空气污染、物价上涨、食品不安全感到的不安总是大大超过被破坏的法治秩序和被侵犯的公民权利。而且，只要事情不发生在自己身上，就算他们对某些事情觉得不对劲，也很容易接受政府提供的说法，或者故意装作没看见。德国人对非我族类的犹太人是如此，“文革”中大多数人对非我族类的“阶级敌人”也是如此。普通人能感觉不对劲的都是局部的“小措施”，“除非一个人从一开始就超然于整个过程，除非一个人能够从本质上理解整个事态，否则，所有这些爱国的德国人不可能憎恶的‘小措施’，总有一天会发挥主导作用，总有一天它会骑到人们的头上。”常言道，人没长后眼，大事一点一点发生时，一般人是无法察觉的。就算他们有所察觉，他们也会对自己说："也许事情不会变得那么糟。"

普通人，包括受过高等教育的普通人，都是没有前后眼的。迈耶的德国学者朋友对他说："我多次思考如下这一对格言——'抗拒开始（Principiisobsta）'和'考虑结局（Finemrespice）'。但是一个人必须要能够预见到结局，他才能去抗拒开始。但一个普通人甚至一个非凡之人，他又如何做到这一点呢？在这些事态发展到极端之前，它们没有发生变化，但它们也许会发生变化。每个人都指望着那个'也许'。"用"也许"来考虑问题是心存侥幸的小人物习惯的一种选择。

普通人凭借常识本能，害怕自己与别人在想法或行为上有什么不同，害怕言行会给自己带来麻烦。这种害怕来自"不确定性"，"不确定性是一个非常重要的因素，而且随着时间推移，它不是有所减少，而是增加了。在外面、在街上、在普通的社区里，'每个人'都很开心。一个人听不到抗议声，显然也看不到任何抗议"。人们在私下聊天会说，"还不算太坏"，"你都看到了"，或者"你是杞人忧天啊"。盛世景象使人们选择将害怕隐藏在心里。

他们并不知道，还有许多别人也像他们一样，"到处都在宣传新秩序的所有恩惠，这影响打动了'每个人'。也存在着恐怖，但没有地方公告这些恐怖，它们就没有影响到'任何人'"。由于希特勒政权并不像对犹太人那样迫害雅利安人，所以普通德国人觉得"除了开会和纳税之外，他们没有被强迫做更多的事；他们认为服兵役、当秘密警察和定量配给是理所当然的（谁不这样认为呢？）"。既然如此，"服务于专制政权是自然的和非常明智的"，而专制政权对"那些想有一份工作、一所住宅"的人有一些要求，又有什么不可以呢？于是，接受专制的现实便似乎成了一种理想的自由选择。

极权统治的“实惠”(给谁和不给谁)成为操控普通人“自由选择”的无形之手。即使没有人威胁他们必须有所选择，他们也还是自愿选择不做那些会给自己带来麻烦的选择。由于这种“自由”的非自由选择，常识失去了主导选择的作用。迈耶就此写道：“进行选择的基本要素是常识，但压力下的人最快失去的恰恰就是常识，因为他们与正常的境况隔绝了。人们受到的挤压越猛烈，他们就越难进行推断。事实上，他们往往会变成不讲道理的人；因为讲道理是属于这个世界范围内的理智，而‘皮奥里亚’处于这个世界之外。”皮奥里亚成为纳粹第三帝国和其他集权专制帝国的象征。

三、常识不能自动对抗专制

“皮奥里亚”(Peoria)是一座为了对抗最可怕的纷争而建立的专制城市，建城者的后代(如“某二代”)为了对抗在他们心目中抹不掉的纷争和威胁，会把它传承下去，他们要维护“一个新的皮奥里亚，一个更伟大的皮奥里亚，一个千年的皮奥里亚。世界将会盛传它那亘古不朽的声名，会拜倒在它高耸入云的塔楼前。皮奥里亚会成为人类的典范”。“皮奥里亚”成为一个象征，每一个以敌情观念和筑墙方式建立起来的意识形态堡垒都是一个皮奥里亚，它害怕战争，但却需要敌人。在它精美的高塔中，“理论被设计成最宏大的秩序和最庞大的复杂体，这些理论要求只承认它们形成于其中的各种非世界性和理念”，结果是，居住在里面的人们，被政府欺世盗名的陈词滥调给灌醉，如迈耶所说，他们“总的智力水平下降了”。

迈耶记录的小人物常识可以帮助我们更好地了解常识是否可以在“皮奥里亚”之城里真的提升人们总的智力水平。常识也许是有破除假象、坚持真实和真相的作用，但是，常识也是很容易被政治化和意识形态化的。所谓常识，应该是指那些能够不证自明，可以不言而喻，直至众所周知，最终心领神会的日常观念。观念是一个学习与接受的过程，观念无法自动进入人的头脑和想法中去，需要通过经验或教育来逐渐形成。如果某些观念不能从日常生活的直接经验中习得，那就不妨从他人那里借用过来，其中的知识越普及，观念就越可能以“正确看法”的形式变成常识。

常识并不一定是推动社会改革的知识力量，因此不宜过分推崇。常识是人的生存环境的产物，是社会文化（包括政治文化）的一部分，不同国家里普通人的常识内容和作用会有很大的不同。常识不是人天生头脑里就有的。一般的常识之所以是常识，是因为那是民众早就在日常的利害关系中知道了的。常识有时能让人头脑清醒，不容易被花哨的说辞欺骗，但常识并不会因此引发反抗的行为。生存环境能决定人选择怎样的常识，给哪种常识以优先考量。例如，常识能让人看到社会里的许多腐败和虚假，不相信那些虚伪的歌功颂德之辞。但是，知道跟有钱有势者的腐败、虚假过不去，是要吃亏的，这也是常识。这两种常识是相互抵消的。后一种常识甚至还会更占上风，因为凡是有常识的，都特别清楚自己的生存需要。美国作家莱文（Larry Niven）挖苦常识道：“常识就是，a. 不要朝持枪者扔大便，b. 也不要站在朝持枪者扔大便的人旁边。”

在 1933 年以后的德国，普通人的常识一点一点地变成了帮助他们适应而不是不满和抵制现实的知识。常识具有一般人不易想象的自我调整能力，如果一件事情在一开始的时候就与常识抵牾，那么常识可能不接受它。但是，如果事情慢慢变化，那么常识便会忽略细小变化的严重性。这在纳粹德国和别的地方都是有先例的，“如果这整个政权的最后和最恶劣的行径是在他们最初和最轻微的行径之后马上就发生了的话，是足以令数千人甚至令几百万人感到震惊——让我们假设，1943 年用毒气杀死犹太人这次事件，紧接着发生在 1933 年那件把‘德国人商铺’的标签贴在非犹太人店铺的窗户上之后。可是事情当然不是这样发生的。在这两件事之间共发生过数百个小步骤，有些根本无从察觉，每个小步骤都让你做好准备，不会被下一个小步骤震住。步骤 C 并不比步骤 B 坏很多，而且，您没有在发生步骤 B 的时候进行抵抗，那为什么要在步骤 C 的时候这样做呢？于是接下来是步骤 D”。

如果我们把今天中国人的常识与 60 年或 70 年以前中国人的常识比较一下的话，也许会发现，我们的常识里有了许多前人匪夷所思的东西，也许是有一些与现代民主有关的东西，但更多的也许是前人会认为非常邪恶的东西。我们是怎样一路走下来的呢？也许我们需要有人像迈耶那样为我们写一本记录普通人常识和小人物自我意识变化的微型社会学历史。这样的历史可以让我们看到，“生活是一个连贯的过程，一个流动的东西，根本不是一系列动作和事件的组合体。生活流到了一个新的层次，裹挟着您，而您这边完全不费任何力气。在这个新的层次，您生活着，您每天都活得较为舒服，您有了新的道德观和新的信条。您已经接受了您五年前或一年前无法接受的那些事情，您已经接受了那些您的父辈——即使是在德国——都无法想象的事情”。在我们“每天都活得较为舒服”的生活里，不是也已经有了太多我们的前人所无法想象的事情吗？

作者博客：http://blog.ifeng.com/5439462.html

（徐贲，美国加州圣玛利学院英文系教授，著作《知识分子：我的思想和我们的行为》《通往尊严的公共生活》《在傻子和英雄之间》等。）

孙越：我的东乌克兰之旅

博文地址：http://blog.ifeng.com/article/32258730.html

2014-03-24 07:23:57 | 浏览 598997 次 | 评论 31 条

2005 年至 2013 年期间，我曾经数次在乌克兰游历，足迹遍及乌克兰，从基辅西出利沃夫，再折返东进哈里科夫；后来又从莫斯科直飞尼古拉耶夫，最终南下敖德萨。

我的教父，作家、诗人布兹尼克是乌克兰东南古城尼古拉耶夫人士，却持俄罗斯护照，常年住在莫斯科。布兹尼克带我多次前来乌克兰尼古拉耶夫市，这座帝俄时期和苏联时期的船坞之城，由于涉及军事秘密的缘故，直到 20 世纪 90 年代中期尚不对外国人开放。中国人知道它，也是因为 1999 年从这座城市买到了苏联航母半成品“瓦良格”号。我曾在布兹尼克的岳父家小住，那是位于南布克河边，一座名叫索尼辛的小村子，它极为偏僻，距离市里大约一小时车程。

有一年，我从莫斯科多莫杰多沃机场乘坐法国航空公司一架螺旋桨式的小飞机，飞往乌克兰东南重镇尼古拉耶夫，大约两个小时后抵达。机上唯一的空姐告诉我，尼古拉耶夫机场很小，每天只有两个班次的飞机起降，它的建筑规模还不及北京首都机场的十分之一，而且这条航线开开停停，极不稳定。2008年时，航线开辟五个月后便一度中断，航空公司对外宣布的原因是，客流稀少，得不偿失。而我在乌克兰得到的消息，航线一度中断，是乌俄关系紧张所致。后来我在尼古拉耶夫机场的亲历，证明乌俄关系紧张，是航班不稳定的主要因素。

那次，我飞抵尼古拉耶夫后，随着20位旅客顺着颤巍巍的小舷梯下了飞机，当地的海关和边检人员立即包围过来，他们神情严肃，命令众人不得离开飞机，他们先爬上飞机，仔细检查了机舱，确认没有遗留物后，才领着我们鱼贯走向海关。一位边防局上校警官单独将我领进办公室，说要对我进行问话，宣称海关对入境尼古拉耶夫市的外国人问话，是警察例行公事，而且问话内容要填入表格，签字生效。我觉得此举很是奇怪，我在世界各地旅行，前所未闻。不过后来，我跟上校谈得投机，我问旅客入境填表签字所为何来，他看看四下无人，悄声说："谁让你从莫斯科来呢！"至此我才明白，从俄罗斯入境乌克兰，绝不是我想象的那么简单。在尼古拉耶夫，尽管你周遭的气氛与俄罗斯无异，俄罗斯式的建筑、教堂、俄语、店铺等等，甚至空气中弥漫着与莫斯科同样的气味，但历史却在冥冥中提示，俄罗斯与乌克兰现在不仅不是一个国家，而且两国那段不寻常的历史，正在逐渐发酵，似乎要生成一种难以名状的特殊物质。

类似情况也发生在俄罗斯海关。乌克兰东部城市哈里科夫，与俄罗斯一侧的白城隔界相望，由于白城是乌克兰族聚居地，两国各有亲属居住在对方城市，亲属朋友之间走动频繁。苏联解体之前，两国的乌克兰亲属走动相对简单，同持一类苏联护照，除了归属地不同，几乎没有别的差异。时隔二十年，情况完全不一样了。我五六年前，从俄罗斯的白城去乌克兰的哈里科夫，乌克兰朋友将车开到俄罗斯一侧接应我们，汽车驶出俄罗斯公路海关的时候，俄罗斯边防军还向我们微笑和挥手呢！

最近，哈里科夫的乌克兰朋友来信说，现在乌克兰人从白城入境俄罗斯可麻烦了，俄方要求乌克兰人填写厚厚一沓入境资料（恨不能写上半辈子的简历），入境的长龙一眼望不到头，而递交资料的窗口却只有一个，连俄罗斯人都看不下去了，他们说，这样的入境模式，简直就是在羞辱乌克兰的兄弟姐妹。再看俄罗斯人入境哈里科夫，手续就简单多了，有的时候，甚至连白卡（移民卡）都不需要填写，便长驱直入。

不过，俄罗斯护照在乌克兰，现在也经常被人当异类防着。上面说了，我的教父布兹尼克持俄罗斯护照，有一次，他陪同中国代表团去参观尼古拉耶夫造船厂，我们一行人向工厂接待室出示护照后，鱼贯而入，唯独布兹尼克被拦在门外。我们不解，欲找厂家说理，布兹尼克反而面色从容地对我说：“你们去吧，我在这里等你们，谁让我是俄罗斯护照呢，警卫执行工厂规定，没有错。”看来，现在的乌克兰人，宁愿相信中国人，也不愿相信俄罗斯人。

我在尼古拉耶夫国立人文大学讲课的时候，当地著名学者扎拉杜欣详细地给我讲解了东乌克兰是如何从地理上划分的。他说，所谓东乌克兰，包括目前的卢甘斯克州、哈里科夫州、顿涅茨克州、第聂伯罗彼得罗夫斯克州和扎波罗热州。上述地区，相比西乌克兰而言，都是工业和经济最发达的地区，也是城市化最发达的地区。此外，在乌克兰，也有人也将第聂伯罗彼得罗夫斯克州和扎波罗热州，归入南乌克兰。他还说，东部乌克兰还有相当一片领土，至今遗留在俄罗斯境内，没有完成回归，成为俄乌近代历史的龃龉。

话说，当年沙皇在划分俄乌行政边界时，有意忽略边境居民的人种界定，让边境居民混杂而居，俄国统治者担心，单一民族聚居，会产生民族问题，或可滋事生乱，威胁政权稳定。沙皇为了长久维护统治，他就必须随时为少数民族的团结制造障碍，同时加快它们归顺俄罗斯的脚步。此外，沙皇当时所建立的俄国各省以及重要的城市枢纽，多为各民族混居区。

1917 ~ 1920 年间，俄国末代皇朝，罗曼诺夫王朝逐渐走向衰落，乌克兰觉得国家统一和收复失地的机会来了。所谓失地，就是原来被沙皇划入俄罗斯国家行政区域内的东乌克兰之地，如沃龙涅什省、库尔斯克省、库班省、斯塔罗波尔省等地。1917 年 11 月，乌克兰中央拉达，通过了划定乌克兰人民共和国领土的决议，其中，该决议认定，被强行划入俄罗斯版图的一些省份，如库尔斯克省的若干枢纽城市、沃龙涅什省的部分地区，应回归乌克兰。同年 11 月 29 日，乌克兰中央拉达又以投票的方式，通过了将上述地区并入乌克兰的决议。不过，那时俄国内战正酣，乌克兰中央拉达的决议根本无法实现。

乌克兰中央拉达所提到的，原本属于东乌克兰的库尔斯克省、沃龙涅什省以及北高加索地区，共约 4.2 万平方公里，住有 140 万东乌克兰人，占当地人口的 63.7%。尽管当时苏俄当局已经开始在这些地区强制推行俄罗斯化，但是大多数乌克兰人都表示拒绝，不愿承认自己是俄罗斯人。1926 年 12 月，无权无势的乌克兰苏维埃社会主义加盟共和国领导人，向苏共中央递交书面请求，希望将库尔斯克省、沃龙涅什省以及北高加索地区，划归乌克兰行政管辖。

截至那时，靠近乌克兰的俄罗斯联邦苏维埃社会主义加盟共和国境内，乌克兰族的人口已达450万人。那时，乌克兰首都是哈里科夫，而哈里科夫却是一座边境首府，因为它的城下即是俄乌国界。乌克兰人至今提起这条国界都觉得耻辱，称它是“沙皇用刀剑强行划在东乌克兰肥沃的土地的一条边界”，国界那端即是俄罗斯，而在俄罗斯的土地上，仍聚居着几百万被强制俄罗斯化的本族同胞。

东部乌克兰与俄罗斯的对峙和关系恶化，始于苏联时期不断加剧的、对俄境内乌克兰族居民强制实施的俄罗斯化政策。20世纪20～30年代，苏联政府，一方面极力渲染波兰对西乌克兰居民的迫害和同化，另一方面，大肆鼓吹东乌克兰与苏联结盟好处无限，大唱“俄乌兄弟情谊深”的高调。但是，苏联的体制最终决定，它表面上一贯倡导和平与公正地解决民族问题，实际上，却一直变相奉行沙皇强力推行俄罗斯化的国策，不仅对乌克兰提出开放俄乌东部边界的请求不闻不问，而且不断加速乌克兰人聚居区的“去乌克兰化”。

我在早期的苏联文学作品中读到，十月革命后几年内，俄国境内的乌克兰人聚集区，还开设了乌克兰语学校和乌克兰文化中心，一些城市还有乌克兰语的书籍印刷出版和销售。这说明1920年前后俄境内还有一丝“乌克兰化”尚存。但是随着苏联的成立以及全国强制推行俄罗斯化的国策，乌克兰文化很快就被取缔，从这一点上说，东乌克兰的境遇确实要比西乌克兰惨多了。

1920～1930年，俄境内那些没有划入东乌克兰的省份，对苏俄的强制推行俄罗斯化国策的不满与日俱增，最终，从不满演化为仇恨，爆发了反抗。库班省的哥萨克部落，对布尔什维克政权打响了第一枪，他们的抵抗运动持续了很多年。那时乌克兰传唱着一首名为《黑乌鸦》的流行歌曲，歌颂的就是抵抗苏俄的库班游击队。另一支由抵抗战士卡连尼克领导的库班游击小分队，更具传奇色彩，他们一直到 1942 年纳粹德国进攻苏联的时候，还在与红军的剿匪部队周旋作战。

库班人的起义，遭到了苏联当局的严酷镇压。1932 ~ 1933 年，苏联为了报复乌克兰族的反抗，在乌克兰人聚居区发动了镇压富农运动。有苏联历史学者解读这段历史，他们将这次镇压，称之为对俄境内乌克兰人的一次种族灭绝。俄国境内的乌克兰人所经受的磨难，远比乌克兰加盟共和国境内的乌克兰人经受得多，研究这段历史的时候，只要读一读斯大林 1932 年 12 月 14 日签署的联共（布）中央委员会和苏联人民委员会，关于“乌克兰的粮食征收”工作条例，便会一目了然。这些征粮工作条款上，居然写进了“鼓吹乌克兰化按照反革命定罪”的内容，它还明确规定，凡是不愿意接受俄罗斯化的乌克兰人，可判处流放古拉格集中营 5 ~ 10 年。条款还写明，立即将所有乌克兰聚居区居民，全部迁往北高加索地区，上述地区的所有乌克兰文出版物，即日起改成俄文出版。当年秋后，聚居区所有乌克兰中小学授课停用乌克兰语，改为俄语。

斯大林发动的粮食征收运动，成为东乌克兰人心中永久的痛，他们不仅遭受了肉体打击，还承受了精神毁灭。更有甚者，1932 年，苏联推行公民证制度，备受摧残的乌克兰族居民，在填写表格的时候，不能在“民族”一栏里填写“乌克兰”一词，而被迫选择了“俄罗斯”。历史学家对这些“消失的乌克兰人”（居民证上已改为俄罗斯族）数据做过粗略的统计，库尔斯克和沃龙涅什两个州，实行居民证制度后，有 140 万乌克兰人“销声匿迹”；在北高加索有 300 万乌克兰人，被迫改做俄罗斯人。“二战”之前，苏联元帅图哈切夫斯基签发命令，将大批红军复转军人迁至高加索定居，以便控制和稳定乌克兰族聚居区的局势。

1990 年之后，东乌克兰地区的居民被强制俄罗斯化的过程放缓，最终归于沉寂，成为一段沧桑历史。但是，我相信，它对未来东乌克兰的发展，对今天乃至未来的俄乌关系演变，还将继续产生影响。

我莫斯科的同事尤莉亚，四十多岁了，在一个单亲家庭中长大，她妈妈是乌克兰人，她妈妈告诉我，其实尤莉亚的父亲也是乌克兰人，只不过他们在苏联推行俄罗斯化的时候，全家都已经归顺苏俄，护照上的民族一栏，填写的是俄罗斯。有一次，我们组织一场世界青年文化圆桌会议，其中包括从东西乌克兰来的青年学者，尤莉亚很不屑地撇撇嘴，说：“我最讨厌乌克兰人，他们狡猾奸诈，为了利益，随时都会背叛。”类似的话，我也从其他俄罗斯同事嘴里听到过，问题是，尤莉亚自己就是乌克兰人啊。假如，这真的是乌克兰人的共性，是否这与几个世纪以来，周边强势民族和国家对它的压迫有关？还是强制俄罗斯化的结果——乌克兰人的后代已经失去了民族认同，自觉地归顺了俄国？

1991 年，苏联解体；2004 年，乌克兰发生了亲西方的颜色革命，尤先科政府强令在全国推行乌克兰语。我走过东部乌克兰，明显地感觉，政府强令推广乌克兰语的背后，实际上，是意欲发动一场“去俄罗斯化”的政治运动,是对苏联70多年对乌克兰推行“强制俄罗斯化”的一种反抗，也在用这种方式，回应俄罗斯若干世纪以来，对乌克兰的精神强势和对乌克兰文化的毁灭。

现在，乌克兰法律规定，儿童从小学一年级开始正式学习乌克兰语，而俄语和其他外语，如英语、德语一样，只作为外语选修课。这样一来，东乌克兰未来十年后出生和成长起来的孩子，将不会说俄语了，他们再看俄罗斯电影的时候，已经需要借助乌克兰文字幕了。尼古拉耶夫国立人文大学讲师奥列佳，是个80后美女，她告诉我，她上小学五年级的时候，学校就取消了俄语，全部课程改用乌克兰语讲授。由于父亲是俄罗斯人的缘故，她在家里还说俄语，在学校几乎全讲乌克兰语言。最近几年，属于东部乌克兰的尼古拉耶夫市，几乎所有的综合大学、文科大学都已经停止教授俄罗斯苏联文学课。我听罢，心中一沉，觉得此举实在是矫枉过正，乌克兰的去俄罗斯化，已经开始在割裂自己的精神世界了。

作者博客：http://blog.ifeng.com/4159407.html

（孙越，俄罗斯问题观察家。）

彭玉宇：朝水库撒了泡尿

博文地址：http://blog.ifeng.com/article/32628099.html

2014-04-23 09:14:59 | 浏览 116007 次 | 评论 55 条

《纽约邮报》报道，美国俄勒冈州波特兰市一个 19 岁青年，4 月 16 日凌晨和几个朋友在波特兰市塔博山山间公路玩滑板。凌晨 1 时许，该青年内急，于是站在路边往被栅栏围起来的一个水库里撒了泡尿。其举动正巧被水库夜视监控摄像头拍了下来，监控人员立即报警，赶到现场的警察将他抓了个现行。

这个水库正是波特兰市水务局的 5 号自来水蓄水池，直接向附近数百万户家庭提供生活用水。当时水库存放着约 14 万立方米已经净化处理过的水，即将通过输水管道送往千家万户。波特兰市水务局得知水库被小便污染后，立即关闭出水阀并对水质进行了全面检测。检测结果显示水质各项指标均合格，不会对饮用者的健康造成风险。而且专家也指出，一个人向水库撒尿，应该不会污染水源，何况动物有时也在水库大小便。

尽管如此，波特兰市水务局认为应该为居民提供干净饮水，于是决定将水库中的水全部抽干，以防不知情居民从家中水龙头里喝到“尿水”。其代价是，小青年这泡尿造成的损失超过了16万美元。

无巧不成书的是，也就是在美国波特兰市的这泡“昂贵”尿水发生的前几天，即4月11日，中国媒体报道，兰州市威立雅水务集团有限责任公司检出出厂水苯含量为78微克/升，超过国家10微克/升的限制标准。苯是一种有机化合物，无色，长期吸入会侵害人的神经，可致癌。

消息一出，马上在兰州市民中引起恐慌，有些居民怀疑自己已经喝了一个多月的苯含量超标的自来水，因为兰州许多市民早在3月6日就发觉自来水里散发着严重臭味，并向兰州供水方及政府部门投诉。次日傍晚兰州市环保、疾控部门和供水企业公布了监测数据，称自来水符合安全饮用标准，但对于异味原因只字未提。3月10日，兰州市委宣传部发信息称：尽管氨氮值略高于往常，但兰州市自来水水质全面达标，符合安全饮用标准。

4月11日兰州官方公布数据，4月10日17时出厂的自来水苯含量高达118微克/升，22时自流沟苯含量为170微克/升，11日凌晨2时出厂水检测值为200微克/升，是国家限制标准20倍。而据《财经》记者现场调查发现，此次自来水苯超标的发现非常偶然，但水污染的发生几乎是必然的。供应兰州300多万居民饮用水的水厂，深陷化工厂重重围困中，输水管线与各类化工管线交错，如不能迅速进行彻底整治，距离下一次水污染事件可能并不遥远。

我从来不认为美国的东西一定比我们好，无论从感情抑或是生活经历出发，我还常常会得出相反的结论。但就事论事，从美国波特兰市和中国兰州市在处理自来水被污染这件事情上，我的自信非但没有事实支撑反而憋气得很。有此一件事，两市供水企业的责任心和道德观念高下立判。人家波特兰市因为一泡“童子尿”就抽干整个水库里的自来水而宁愿损失 16 万美元，几乎将企业责任普及到做人伦理方面去了。而兰州市自来水里明显出现了严重超标致癌物，有关方面却联合起来遮遮掩掩。如果说,供水企业为了一己私利知情不报还在“情理之中”的话,那么某些职能部门藏头露尾语焉不详为的又是什么呢?这些部门的人同样要喝水，恐怕不会因为帮水厂掩盖真相，水厂就会知恩图报给他们特别生产一壶水，说白了，兰州市民喝了被污染的自来水，他们也不能幸免。

不比不知道，一比吓一跳。很多事情只要做了比较就容易找到答案，以致让我们经常无话可说。说实话，我们真不愿意做如此比较，因为总会给人家提供口实。

于是……不说也罢。

作者博客：http://blog.ifeng.com/2074217.html

（彭玉宇，知名博主。）

人物·历史

马勇：重新估价太平天国的意义

博文地址：http://blog.ifeng.com/article/29449339.html

2013-07-28 17:15:42 | 浏览 174266 次 | 评论 89 条

在近代中国早期历史上，太平天国肯定是一个怎样估价都不算过分的重大事件。这个与清廷对峙十几年的“异样政权”，即便最终失败了、终结了，但确确实实在一定程度上改变了中国历史走向。我们不难设想，假如没有这场革命，清廷不会向西方学习，中国必然会在旧有轨道上徐徐而行；假如没有这场革命，汉人士大夫还会继续沉沦，不会有曾国藩、左宗棠、李鸿章，也就不会有后来的政治大变局。太平天国在中国历史上的意义要从世界背景进行关照，不能从狭隘的阶级分析、意识形态立场进行考量。过去一百年，对这场“未完成的革命”有各种各样的估价，推崇的简直自认就是洪秀全遗产继承人，不遑多让；贬低的，恨不得就认太平天国为“邪教”，洪秀全为“魔头”。其实，这两种极端评估都失之偏颇，历史主义分析太平天国在中国历史上的意义，这场“未完成的革命”既不那么好，也不那么坏。

与历史大势相悖

在帝制时代，从正统史观说，洪秀全的太平天国革命就是谋反，就是叛逆，就是破坏社会稳定、社会和谐，因而不会有什么人去肯定这场革命，甚至到了新史学发生，也很少有学者敢于正面肯定太平天国的意义。

其实，在两千年的帝制时代，类似太平天国这样的政治运动所在多有，几百年、几十年一次的改朝换代，大致上都遵循着太平天国这样的路径。只是许多朝代成功了，改成了，如汉朝，如明朝，更多的则失败了，沦为流寇。成是王侯败是贼，窃钩者诛窃国者侯，历史从来不会、不敢嘲弄成功者。假如洪秀全的太平天国与清廷南北分治一百年、两百年，假如洪秀全灭了清朝统一了中国，历史都会改写，评估就会不一样。这不是历史学家势利眼，而是历史本来如此。

太平天国之所以失败，过去的解说多种多样，其中最重要的一个看法，是太平天国领导人如洪秀全太腐败。这个看法几乎成为共识，但凡知道太平天国的，无不有这样的认识。仔细想想，这个说法并不合乎历史事实，腐败只是表象，并不是太平天国失败的真正原因。历史上比洪秀全腐败的政权多的是，并没有像太平天国失败得这样迅速这样惨。

究其原因，太平天国的失败，还应从历史大势去寻找。一个最简单最直接的看法，是太平天国可能与历史大势相悖。

太平天国运动发生在19世纪中叶，发生地点在广西。时间、地点，以及主要参加者的身份，都非常耐人寻味。从这里，或许能够读出与大历史的关联处。

19世纪中期，1850年，是中国经历了那场鸦片战争之后被迫打开国门，与世界不得不正面交往的时候。中国在那之前，对世界并非茫然不知，只是统治者出于一己之私利，不愿接受西方，不愿让西方资本进入中国，培育市场，进行投资。一个未被开发的农村、农业无法容纳西方工业化之后的过剩产能，于是中西之间的贸易失衡在1840年左右到了让西方无法容忍的程度。这就是鸦片战争爆发的根源。

鸦片战争的结果，五口通商，中西之间的贸易规模就整体而言大幅度扩大。但对广东、对与广东比邻的广西而言，由于长时期坚持排外，坚持不让外国人入城，坚持原先一口通商的垄断利润，所以五口通商之后，两广的经济状况并没有随着中国对外开放的扩大而好转，反而走了一个向下的通道。这是过去的研究者没有注意到的太平天国发生在那个时间、那个地点的原因。

洪秀全和太平天国的兴起，并不是传统中国原来意义的农民起义，这场运动的大背景是中国已经局部踏上了世界经济一体化的轨道。但是，也必须看到的，洪秀全和太平天国领导人并不具备那个时代的国际视野，他们不知道中国正在经历着从传统向现代的转型，因而过去的研究者如冯友兰注意到洪秀全政治思想中愚昧落后的一面，庆幸太平天国被剿灭，否则中国将被拉回西方意义的中世纪。

冯友兰的研究代表了20世纪80年代中国学术主流，洪秀全那些太平天国领袖确实没有与世界同步的意识，他们的举措与世界大势相悖，由此就能解释太平天国失败的必然性。

一个自我封闭的政权

太平天国 1850 年金田起事后，势如破竹，风卷残云，很快拿下了半个中国，定都南京，掌控了中国最富庶的东南半壁。两百年的大清王朝面临从未有过的重大危机，洪秀全和太平天国领导人如果适时调整方略，即便不能北伐成功，也有机会南北分治，形成以长江为界的政治格局。如此，此后的中国历史势必改写。那么，是什么因素让太平天国没有做到这一点呢？是眼界，是太平天国领导人对世界的认识。

根据现在掌握的资料，太平天国定都南京不到一个月，1853 年 4 月，在中国拥有相当战略利益的英国公使就冒着危险访问了南京。年底，法国公使也沿着这条路径与太平天国取得了联系。英法两国当然不是同情中国的农民起义，也不是刻意挑拨太平天国与清政府的对立。他们的目标非常明确，也非常简单，就是希望太平天国领导人不要因为战争而影响两国在长江流域的贸易和利益。

长江流域，特别是长江三角洲地区是各国当时利益所在，因而当太平天国在这些地区貌似稳固控制局面后，列强无法淡然无法漠视，他们尽管与清朝订有外交条约，但出于利益考量，他们准备并且必然会脚踏两只船，打算在清廷和太平天国两边下注。

对于早期资本主义来说，两边下注充分反映了贸易自由原则中的现实主义外交，没有办法从道德、义气、立场、原则等层面去解读，毕竟资本主义的物质利益是真金白银，西方国家的政府必须为各自“衣食父母”资本家服务，必须为各自国家的经济利益提供足够的外交保护。从这个意义上去观察，各国公使一方面与清朝外交官周旋，要求负责中国外交事务的两广总督叶名琛安排会晤，就即将到期的条约进行修约谈判；另一方面他们不能不对气势如虹的太平天国给予适度关注，甚至试图与这个新政权建立某种程度的外交联系，以防万一。

然而，太平天国说到底就是一个传统中国的造反派，他们的国际视野还是非常欠缺。当美国公使麦莲冲破重重关隘尝试着与太平天国建立某种联系时，竟然被太平天国不明就里地拒绝。1854年5月30日，行抵南京城外的美国公使麦莲收到太平天国领导人罗苾芬、刘承芳复信，指责美国人写给太平天国领导人的信不合礼仪、不够礼貌，并以天朝上国的姿态宽容美国“年年进贡，岁岁来朝”。美国人对太平天国的一点儿好感就被这样的无知吹得一干二净。

稍后，麦莲给太平天国方面发去一封复信，强调来文皆尽非友谊之意，美国不得不暂时中止与贵国的联系。以后如有必要，将按照中华与美国所订条约进行处理，凡属美国商民在中国所应得之利益、公益等事款，美国使领馆将按照协约进行处理。很显然，美国视太平天国为长江流域一个政治实体，愿意打交道，愿意与太平天国进行合作以保护美国在长江流域的利益。只是，太平天国对外部世界知道得太少了，所以麦莲不得不放弃与太平天国建立联系的尝试。

6月14日，麦莲给美国国务卿发去一份报告，以为太平天国差不多完全由一群无知的和不文明的内地人组成。这些人配不上文明世界的尊敬，与他们进行任何令人满意的外交性质的交往差不多都有不可克服的困难。麦莲建议，美国应该利用中国现在的危机扩大美中之间的商业交往，发展文明的荣光和福祉。但是，这个扩大应该与太平天国无关，而是利用太平天国给清政府带来的危机，扩大与清政府的交往。美国通过对太平天国实地考察做出了一个非常重要的决定：放弃，至少是暂时放弃了与太平天国构建外交关系的企图。

与美国的外交动向非常相似，英国公使包令也在这个时候委派专使前往南京，一方面观察长江流域动态，另一方面试图打开与太平天国联系的通道。6 月 18 日傍晚，英国专使麦华佗携带英国公使包令的儿子卢因·包令乘军舰抵达镇江，遭太平军炮击而被迫停航。第二天，麦华佗一行登岸拜会太平军官员要求道歉。太平军官员非常有礼貌地接见了他们，并表达了歉意。麦华佗一行在这种情形下继续西行，20 日抵达南京，要求会见太平天国高级官员，面谈要事。

麦华佗会见高级官员的要求被太平天国以上国姿态坦然拒绝。第二天（21 日），麦华佗的舰长麦勒西登岸在秦淮河口会见了一位太平军下层军官。麦勒西请这位军官帮忙给东王送一封信。这封信列出三十个问题，并请杨秀清给予接见。

温文尔雅的英国人依然没有获得太平军将领的好感，这些将领并没有从共同的基督信仰上善待英国人。两天后，太平军将领明白拒绝了英国人的请求。英国人不再温文尔雅，而是愤怒复信太平军将领，抗议这些荒唐的不友好的限制，并要求太平军对于他们的三十个问题给予明确答复。太平军对于这些要求依然不予理睬。

英美外交在太平天国那里吃了一个闭门羹，洪秀全等太平天国领导人似乎根本就没有想过要和世界沟通，进行贸易。这是太平天国的悲剧和历史局限，由此也注定了太平天国的结局。

一个非常态的社会架构

洪秀全、太平天国失败原因肯定很多，不一而足，但有一个重要的问题是其领导人在十几年漫长岁月中始终没有找到一个常态社会应有的统治方式，长时期实行战争状态下的特殊措施，久而久之，人民生厌，无法支持。

太平天国金田发难后，按照军事方式编练军队，男女隔离分编男营、女营，有助于军队管理，有助于发挥战斗力，这都是对的。这一制度即便实行到定都南京后，也是应该的，没有大问题。但是，当定都后与清政府的战争进入僵持阶段，洪秀全等领导人继续用战争状态、非常手段管制人民，继续实行男女隔离制度，肯定影响士气，影响民众的向心力。

在经济制度方面，太平天国长时期实行圣库制度，自金田起义到革命失败，这一制度都没有调整。圣库制度在战争状态下有利于保障军队供应，吸引穷苦民众参加革命，保障军队纪律等，都有积极作用。但当定都后，当统治成为常态后，太平天国领导人还用各种理由坚持圣库制度，坚持什么特色，这就严重违背了人性，不合时宜，是将理想当作现实了。

特别是，太平天国领导人在占领南京后，将圣库制度肆意扩大，将城市居民纳入圣库制度管理范畴，强制性要求"人无私财"，大公无私，毫不利己，这就不是一般的违反人性，而是将一个非常态的社会架构强加给人民，强加给社会。

圣库制度、男女隔离制度，在特殊的战争状态或许是有用的，但其适用范围必须限定在非常态阶段，一旦社会进入常态，统治方式必须尽快转换，必须从一个革命政权转换为一个建设政权。假如，洪秀全和太平天国领导人在南北分立大致成型时注意到了这一点，相信即便太平天国统治区域被曾国藩湘军铁桶式围困，太平天国治下的人民为了一个安宁的生活，也会与太平天国一起奋斗到底，保卫家园，安居乐业。

特殊的管制社会方式并不是创造，真正的创造必须尊重人类在社会管制方面的智慧积累。太平天国领导人之所以别出心裁弄出那么多新花样，还与其在意识形态方面的胡来有关联。

太平天国的意识形态既不是中国的传统，也不是纯粹的西方意识，不是西方工业化之后的民主、科学与宪政。洪秀全当然没有这种觉悟，但是洪秀全无论如何不应该让意识形态长时期畸形化。假如当其革命之初为了反抗清廷需要一个不一样的意识形态，需要一个被加工过、由自己随意解说的基督教的话，那么当定都南京，社会渐趋常态后，洪秀全就应该有意识淡化革命时期不中不西非驴非马的意识形态，重新认同中国传统，重建中国社会，那么在太平天国统治区域应该会有不一样的后果。

然而，太平天国领导人太想与别人不一样了，太想创造具有自己特色的东西了。他们长时期坚守那种不中不西的意识形态，终于被曾国藩找到了痛下黑手的着力点。太平天国的失败不是败在武力上、战场上，而是其独特的、非常态的意识形态严重影响了其与人民、与士大夫的关系。

聪明的人总想着创造一个不一样的社会与世界。其实，在很多时候，一个最理想的社会，就是与别人一致而又别致。一致是前提，别致是特色。没有一致，独出心裁，也就没有别致，没有未来。这或许就是太平天国这场“未完成的革命”一个最值得汲取的教训。

作者博客：http://blog.ifeng.com/3623009.html

（马勇，中国社会科学院近代史所研究员、博士生导师。著有《汉代春秋学研究》《梁漱溟评传》等。）

张鸣：婆媳定律

博文地址：http://blog.ifeng.com/article/29934525.html

2013-08-30 22:51:26 | 浏览 30246 次 | 评论 27 条

恶婆虐媳的故事在中国的古代从来都不是新鲜事，不过，人们很少想到，其实恶婆婆不是天上掉下来的，她的前半段，往往就是那个受气的小媳妇。做媳妇的时候，忍气吞声，含辛茹苦，二十年媳妇熬成婆，熬成婆后再变本加厉，将从前受的气统统撒在下一辈的小媳妇头上。于是，故事便周而复始地演绎下去，博得一代又一代人无足轻重的眼泪。

同样的事情重复得多了，就成了定律（虽然不那么科学，但毕竟有层出不穷的经验在支持），用在婆媳身上合适，在别的事情上也八九不离十。眼下贪官多，骂贪官的更多，常见的情况是，在台下的人跳脚大骂，义愤填膺，一旦台下的上了台，往往跟他们痛恨的前任一样，甚至那些有志为官做宦的大学生（包括硕士和博士），人还没毕业，已经在谋划怎么捞钱了，但是只要他们一天没有坐上官的椅子，就依然会对贪官污吏骂声不止。前些年“厚黑学”大盛，各种讲厚黑术的书铺天盖地，当官的人买得其实有限，那些有志的在野党倒是出了不少血，一边骂台上的诸公脸皮如何厚，心肠多么黑，一边在精心研究厚黑术。

按说，贪官们贪的钱，是老百姓的血汗，作为纳税人，这些在野党也受到了损害，贪官们威福所至，他们也不免被殃及受苦。作为受侮辱和损害的一方，有心报复无疑是可以理解的，可一旦有了权力，报复的对象却是那些从前跟他们一样卑贱的老百姓，在无辜的人们身上加倍捞回自己过去失去的一切，将刚刚还痛诋的官威官派抖得淋漓尽致。看来，适用于婆媳定律的人都是这样，眼睛永远向前看，手总是往下面伸。

实际上，某些看起来十分痛恨官员贪污腐败的人，并不是真的痛恨贪污腐败，他们痛恨的是别人捞到了好处，而自己没有这个机会，跳脚骂娘的动机，不过是葡萄酸的酸劲上来了。不消说，在这样的氛围里，不管反腐败的声势有多大，腐败是反不掉的，因为大家反的只是别人腐败，并不是腐败本身。一个贪官倒下去，兴许更多的贪官站起来。江山代有人才出，新的贪官总是要比他们的前辈手段更新，贪得更狠，改革开放之初，一个王守信贪了 50 万就让全国的人吓一跳，现在则动辄百万千万甚至上亿。在传统社会，每有新官上任，老百姓总要慨叹:又是一个空肚子的来了，可怎么好?现在则无论空肚子饱肚子，甚至几乎要撑破了的肚子，还是要没够地吃。我们看到的只是一代代推陈出新的贪污手段，代代破纪录的贪污数额。

固然，正如某些忧心者言，中国人的道德素养的确有大幅度下滑的迹象，笑贫不笑娼的社会风尚与嘲骂且又羡慕贪官的行为，本质上没有区别。不过，仅从道德上讨论问题还远远不够，从某种意义上讲，在婆媳定律下面是没有是非或者对错的，无论道德状况的好坏，小媳妇在忍受婆婆的虐待时，虽然悲苦万分，甚至小声抗议，逢人诉苦，但实际上在心里却认可在上面的婆婆拥有施虐的权力。没有当上官的老百姓也是一样，尽管我们的宣传工具一直在强调干部是人民的公仆，是为人民服务的，其实没有多少人真的相信，大家心里认可的东西，恰恰就是我们在公开场合坚决反对的——当官老爷，而且要捞好处。君不见，只要谁做了官，甚至没有做官，只是有了丁点给人便利的权力，亲朋好友以及所有认识的人，几乎不约而同地认为这个人必然会为自己捞好处，也期待着他这么干，从而也有所沾濡。如果真的有个把立志清廉的好人，外有同僚同流合污的压力，内有亲朋好友的督催逼命，想不变坏恐怕也难。实际上，这种骂贪官又想做贪官的氛围，恰在于人们在内心深处普遍认可这种上下尊卑的权力结构。在上面处于尊位的人，作威作福，多吃多占是应该的，而洁身自好做清官则成老百姓的意外之喜，在一个只有权力而缺乏权利的社会，人们热衷于争取的，恐怕也只能是在权力的格局内占一个好的位置。

人们对不合理社会框架的制度体认，如果内化到了潜意识的层次，恐怕跟这个制度的不合理的危害差不多了，想要在这个框架之内解决问题，就像拎着自己的头发想把自己拉离地面，难。想要靠道德的说教，改变人们的这种认识，同样也难。现在大学里很时髦的一句话叫：授人以鱼，不如教人以渔。套用过来，似乎也可以，教人以德，不如授人以权利，只要老百姓有了权利，而且意识到自己的权利，那么，权力的肆行就会碰上障碍，婆媳定律也可以休矣。

作者博客：http://zhangmingrd.blog.ifeng.com/

（张鸣，中国人民大学政治系教授，博士生导师。著有《武夫治国梦》《乡村社会权力和文化结构的变迁（1903-1953）》等。）

张铁志：汉娜·阿伦特与“平庸的邪恶”

博文地址：http://blog.ifeng.com/article/30970826.html

2013-10-29 08：13：33 | 浏览 57210 次 | 评论 32 条

纳粹军官阿道夫·艾希曼将上百万的犹太人送上通向死亡的列车。

但艾希曼说，我无罪。

纳粹政权倒台后，他逃到阿根廷。1960 年，他被以色列特工绑架，次年在耶路撒冷受审，全球关注。出生德国、流亡到纽约的犹太裔政治哲学家汉娜·阿伦特接受《纽约客》邀请前往采访审判过程，在杂志上发表五篇文章，结集为《艾希曼耶路撒冷大审纪实:平庸的邪恶》。

艾希曼认为因谋杀罪起诉他是错的：“我从来没杀过犹太人，也没杀过非犹太人，就这个问题来说——我从来没有杀死过任何人，我从来没有下令杀人。”

在狱中时，定期探访他的牧师也说：“他显然既没有对犹太人恨之入骨，也不是个狂热的反犹太主义者。他‘个人’从未有任何反犹行为。”

连精神科医师都一致认为他很正常，他对妻儿、父母兄弟姊妹态度“不只正常，还堪称理想典范”。

他认为自己只是个守法的人，他的一切行为都只是在履行职务，而他在希特勒屠杀犹太人的“最终解决方案”中所扮演的角色只是偶然的，因为任何人都可以取而代之：因此几乎每一个德国人都有罪。

汉娜·阿伦特在书中描述他的最后陈述：“他从来没有憎恨过犹太人，也从来没有杀人的意愿，所有的罪行都是来自对上级的服从，而服从应该被誉为一种美德。他的美德被纳粹领导人滥用，但他不属于统治阶层，只是个受害者，受罚的应该是领导阶层。艾希曼说：‘我不是那个被打造出来的禽兽，我是谬误的牺牲品。’”

阿伦特同意。她说：“艾希曼既不阴险奸诈，也不凶横，也不像理查三世那样一心想做个恶人；艾希曼格外勤奋努力的原因，就是因为他想晋升，而我们无法认为这种勤奋是犯罪……他并不愚蠢，只是缺乏思考能力——但这绝不等同于愚蠢，却是他成为那个时代最大罪犯之一。”

的确，这是汉娜·阿伦特在本书中要提出的：“艾希曼在临终一刻，似乎总结出我们在人类漫长罪恶史中所学到的教训——邪恶的平庸性才是最可怕、最无法言喻又难以理解的恶。”

艾希曼不是恶魔，而只是小丑。

阿伦特真正要指出的不只是邪恶的平庸，而是其原因：艾希曼之所以如此，是因为他没有思想能力(thougtless)，而这就是平庸。在后来《思考与道德思量——致 W.H. 奥登》一文中她说：“大规模犯下的罪行，其根源无法追溯到作恶者身上任何败德、病理现象或意识形态信念的特殊性。作恶者唯一的人格特质可能是一种超乎寻常的浅薄……是一种奇怪的又相当真实的‘思考无能’。”

如果一个人毫无犯罪动机有可能作恶吗？我们的判断能力是取决于我们的思想能力吗？无能思考与良知的失灵，是同时发生的吗？阿伦特相信，思想能力，亦即判断是非与善恶的能力，可以酝酿出良知，可以确保人的道德完整性。因此，“这种脱离现实与缺乏思想能力，远比潜伏在人类中所有的恶的本能加总起来更可怕，这才是我们在耶路撒冷应该学到的教训”。

《艾希曼耶路撒冷大审纪实：平庸的邪恶》在出版后引起很大的争议。首先，许多人认为艾希曼并非真是一个没有恶意的平庸官僚：早在 1932 年以前，艾希曼就已经参加了反犹太组织；在纳粹倒台后，他还在匈牙利参与了在欧洲屠杀最后一个犹太人的活动。尤其，艾希曼曾对同伴说：“我将高兴地跳进坟墓，因为 500 万个犹太人死了让我很极端满足。”对此，阿伦特说他只是在“吹嘘”。似乎，她对艾希曼智力和语言的鄙视蒙蔽了对他的判断。

其次，阿伦特在书中追究德国和波兰与纳粹合作的犹太人领袖——用阿伦特的话说，“犹太领导人的角色无疑是整个黑暗的故事中最阴暗的一章”，这让很多人批评她对犹太人没有特殊的同情，去批评受害者是非常无情的，尤其她曾和支持纳粹的哲学家海德格尔有恋情。

对于有人批评她不爱犹太人，她的回应是：“你说得很对——我并不被这一类的任何‘爱’所打动，原因有二：（首先）我这辈子不曾‘爱’过任何民族或团体——无论是德国人、法国人、美国人，还是劳动阶级，我真正爱的只有我的朋友们。其次，我所知道和相信的爱仅仅是对于一个个具体的人的爱。”

著名学者朱迪斯·巴特勒（Judith Butler）诠释说，她的确不“爱”

犹太人或“信仰”他们，而仅仅是“属于”他们。

总结来说，《艾希曼耶路撒冷大审纪实》的一个重要贡献是探照出邪恶的平庸性及其与人的思考能力的关系，这补充了她之前的巨作《极权主义的起源》中的关于恶的理论。在该书中她将极权主义界定为“激进的邪恶”（radical evil），会彻底改变人性，但在《艾》一书中，即使人性本身没有改变，却依然能制造巨大邪恶。

不过，另一方面两本书还是有某种共通性。《极权主义的起源》一书中强调极权主义的一个基础是个人在群体社会中的“孤单”（loneliness），因而激起对权威的忠诚：“只有当他属于一个运动，他在政党中是一个成员，他在世界上才能有一个位置。”因此，可以说探讨的是极权主义下个人服从的社会心理基础，而在《艾希曼》中则关注了人的缺乏思考使他把服从当作唯一目的。（不过，虽说此书对恶的理论有重要贡献，但阿伦特却强调这本书其实只是一部对审判的观察报告，而非探讨邪恶本质的理论。）

《艾希曼耶路撒冷大审纪实》的另个重要贡献，是探索极权主义下个人责任和罪行。

“艾希曼们”往往辩称自己只是一个小齿轮，只是服从法律和命令，而不能算是犯罪，并且如果他们有罪，人人都可能有罪。事实上，战后的德国人的确背负着强烈罪恶感。在另本著作《责任与判断》中，阿伦特就说，战后德国道德混淆的本质在于，那些全然无辜的公民确认他们彼此和整个世界都感受到罪孽，然而那些罪犯却少有承认自己犯下的罪行。但阿伦特说：“没有所谓的集体罪恶或者集体的无辜，罪恶与无辜只有针对个人才有意义。”

她也认为法官不应该把这场审判视作是对犹太人苦难的审判："如果被告仅仅是个更大议题的象征，我们就必须低头认同艾希曼及其律师的声名，亦即他之所以被绳之以法，是因为这件事需要一个代罪羔羊，不仅是为了德意志联邦共和国，也是一个代罪羔羊来解释整场浩劫和其原因——反犹主义、极权政府、人类的原罪。"

而汉娜·阿伦特在本书的核心主张就是，只要你参与了执行，你就要负起责任，就是有罪。

在本书最后一段她说，法官应该有勇气说："我们关注的重点是你实际的作为，而非就你内心和动机是否可能无罪，也并非你周围的人是否有犯罪的可能。""我们假设，你之所以成为这个大屠杀组织中的一个工具完全是出自坏运气，但这不影响你执行，从而积极支持大屠杀政策的事实。在政治中，服从就等于支持。"因此就要负担责任：这就是你必须被处死刑的理由，也是唯一的理由。

作者博客：http://blog.ifeng.com/4970870.html

（张铁志，台湾知名政治、文化与摇滚评论家，哥伦比亚大学政治学博士候选人，现于台湾等地主要媒体撰写专栏。著有《声音与愤怒：摇滚乐可以改变世界吗？》《时代的噪音》等。）